Langenscheidt

San Francisco Love Affair – Verliebt in San Francisco

von Petra A. Bauer

Langenscheidt

Berlin · München · Wien · Zürich · New York

Lektorat: Barbara Müller
Muttersprachliche Durchsicht: Charlotte Collins
Coverzeichnung: Kirill Chudinskiy

Für meine große Tochter Friederike

www.langenscheidt.de

Umwelthinweis: gedruckt auf chlorfrei gebleichtem Papier

Druck: Mercedes-Druck GmbH, Berlin
Printed in Germany

ISBN-13: 978-3-468-20479-1
ISBN-10: 3-468-20479-5

1. 2. 3. 4. 5. * 11 10 09 08 07

URLAUBSPLÄNE

„Dieser Regen geht mir dermaßen auf den Geist, das glaubst du gar nicht!“, sagte ich zu meiner Freundin Nina und vervollständigte eine weitere Mangazeichnung auf dem Seitenrand meines Arbeitsblattes. Diesmal war mir der Augenaufschlag des Mädchens besonders gut gelungen, fand ich. Eigentlich sollten wir ja einen englischen Aufsatz über den Walfang der Inuit in Alaska schreiben, aber erstens interessierte mich das nicht die Bohne und zweitens war ich nicht besonders gut in Englisch. Wir hatten uns extra bei Nina getroffen, damit ich das nicht alleine machen musste. Im Gegenzug wollte ich ihr bei Bio helfen. Ich fand jedoch seit einer Stunde genügend Gründe, um mich mit anderen Dingen zu beschäftigen. Das ewige Regengetrommel auf dem Dachfenster über dem Schreibtisch machte die Sache nicht gerade besser. Da fiel mein Blick auf Ninas Sofa.
„Sag mal, ist das schon die neue BRAVO?“
„Hm“, sagte Nina, die ziemlich vertieft in die Walfangstory zu sein schien. „Ich hab doch ein Abo, da kommt die immer früher.“
„Darf ich?“, fragte ich, wartete die Antwort aber gar nicht erst ab und hatte mir das Heft schon gekrallt.
Gleich darauf quiekte ich vor Entzücken. Grüne Augen starrten mich an, ich sah die schönsten langen Haare der Welt und das männlichste Kinn des Universums. Mein Super-Ober-Lieblingsschauspieler Nicholas Stevenson! Zum Niederknien, dieser Mann!

„Da ist ein super Megaposter von Nick drin! Darf ich das haben? Büttebüttebütte!“, rief ich lauter als nötig.
„What's on the back?“, fragte Nina, die mal wieder heraushängen lassen musste, dass ihr Vater Amerikaner war, aber daran hatte ich mich schon gewöhnt.
„Och, bloß dieser komische halbe Euro“, sagte ich.
„Don't you mean ‚50 Cent‘? Diesen Rapper?“
„Sag ich doch. Was ist nun, darf ich das Poster haben?“
„I don't mind. Aber nur, wenn du jetzt endlich mit diesem Walzeug anfängst“, sagte Nina und setzte ihr strengstes Gesicht auf, was mich ziemlich zum Lachen brachte. Aber ich fing dann doch an, weil ich ja auch mal fertig werden wollte.
„Hör mal, das klingt doch komisch“, sagte ich nach einer Weile und las vor, was ich geschrieben hatte:
„The Inuit are a people that is still hunting wales.“ Ich schob das Blatt zu ihr rüber. Sie warf einen kurzen Blick darauf.
„Stimmt, das klingt grottenschlecht. Du kannst nicht ‚a people‘ sagen, wenn du ein Volk meinst. Und Prinz Charles macht da auch nicht mit.“ Als sie meinen verständnislosen Blick sah, erklärte sie: „Du kannst keinen Teil von Großbritannien jagen! Charles ist der Prince of Wales. Die Wale heißen aber ‚whales‘, mit h nach dem w!“
Ich habe genau gesehen, dass sie dabei die Augen verdrehte! Aber weil sie kein Unmensch war, hat sie mir schließlich geholfen.

ethnic groups Völker, Volksgruppen

„Schau mal, ich habe geschrieben: ‚some **ethnic groups**, for example the Inuit, still hunt whales, because it's an old tradition. It's an important part of their culture.'"

„Ich lerne das nie!", jammerte ich. „Und überhaupt ist das ein ganz blöder Tag! Dieser dämliche Regen die ganze Zeit, und dann haben meine Eltern mir heute Morgen gesagt, dass wir wieder nach Bad Salzuflen fahren."

„Uff, uff, du Ärmste!", sagte Nina nur, denn sie wusste, wie sehr ich diesen Ort hasste. Papa hat immer viel Stress als Anwalt und deshalb möchte er es im Urlaub ganz ruhig haben. Meine kleine Schwester Sophie kann mit der Tochter eines Kollegen spielen, der dort wohnt. Mama ist auch froh, wenn sie ihre Ruhe hat, bloß ich muss mich immer zwischen den ganzen Kur-Omis langweilen …

Um mich ein bisschen selbst zu quälen, fragte ich Nina, ob sie schon wüsste, wo ihre Familie in den Sommerferien hinfahren würde. Sie druckste ein bisschen herum, wohl um mich nicht allzu neidisch zu machen.

„Wir begleiten Papa auf eine Dienstreise", sagte sie endlich.

Ninas Vater ist Professor für Städteplanung oder so was. Ich kann mir ja immer nicht so genau vorstellen, was er dabei eigentlich macht und wieso man da Professor sein kann, aber das war im Moment auch egal. Ich wollte ganz genau wissen, wohin diese Dienstreise ging, und bohrte weiter.

„Papa arbeitet gerade mit einem Kollegen von der UC Berkeley an einem gemeinsamen Projekt", erklärte Nina schließlich, aber das sagte mir gar nichts.

„Da wird es doch wohl eine bekannte Stadt in der Nähe geben", hakte ich nach. „Bitte lass mich nicht

dumm sterben! Ich verspreche dir auch hoch und heilig, nicht neidisch zu sein!"
„University of California, Berkeley", sagte sie. „Das liegt an der Bucht von San Francisco. Wir wohnen in San Francisco im Hotel und Papa fährt dann zu seinen Terminen rüber zur Uni. Außerdem werden wir sicher mal seine Eltern besuchen. They still live in the **Bay** Area."
„Ich bin doch neidisch!", rief ich. „Und weißt du auch, warum? San Francisco ist die Stadt, in der Nicholas Stevenson wohnt! Du musst unbedingt für mich den Boden küssen, auf dem er wandelt!"
„Du spinnst. Und zwar **completely**", stellte Nina fest. „Außerdem leben Schauspieler immer in Los Angeles, schließlich ist da Hollywood."

bay Bucht; *hier:* **Bay Area** *Region um San Francisco*
completely komplett, total

„Blödsinn! In Deutschland wohnen die Schauspieler ja auch nicht alle in München, weil es da so schön nah zu den Bavaria-Filmstudios ist." Etwas schnippisch setzte ich hinzu: „Nicky hat das auch gar nicht nötig, der fliegt einfach in L. A. ein, wenn sie ihn haben wollen!"
„Na schön, du hast gewonnen. Aber ich knutsch den dreckigen Boden für dich bestimmt nicht ab. Da müsste mir ja echt was fehlen", sagte Nina und tippte sich bedeutungsvoll an die Stirn. „You are crazy, baby! And now back to the whales!"
Aber ich konnte mich nun noch weniger auf die blöden Wale konzentrieren. Tut mir ja leid für die netten Tierchen, aber wenn es um meinen grünäugigen Nick ging, verstand ich keinen Spaß. Da hatte meine allerbeste

Freundin die Chance, IHN zu sehen, und sie machte sich gar nichts draus. Und obendrein erklärte sie mich noch für verrückt!

„The Inuit count the whales and are careful not to kill too many of them“, drang es an mein Ohr.

„Was ist? Nun schreib wenigstens mit, wenn ich dir das schon diktiere!“, maulte Nina mich an. Ich war ihr ja für die Hilfe dankbar, aber musste sie immer so streng sein?

„Wenn wir fertig sind, verrate ich dir auch, was ich gerade für eine splendid idea hatte!“, sagte sie. Und weil ich von Natur aus neugierig bin, schrieb ich brav den öden Text mit.

„So the Inuit are allowed to kill whales. But countries like Japan, **Norway** or **Russia** that kill large numbers of whales for **profit** will never stop killing them as long as the Inuit are allowed to.“

Als wir den Text endlich fertig hatten, wollte ich sofort Ninas Idee hören, aber die ließ sich Zeit und holte in aller Seelenruhe eine Flasche Cola aus der Küche. Dann goss sie mit erschreckender Langsamkeit die braune Brause in unsere Gläser, bevor sie feierlich verkündete: „Ich weiß, wie wir dein Uff-Problem lösen könnten!“ Und als ich sie nur verständnislos ansah, wedelte sie mit ihrer Hand vor meinen Augen herum und rief: „Huhu! I know how to **solve** your Uff-problem!“

Norway Norwegen
Russia Russland
profit Gewinn
to solve lösen

„Ich hab's gehört. Aber wie soll das gehen?“

Nina lehnte sich breit grinsend in ihrem Schreibtischstuhl zurück und verschränkte zufrieden die Arme unter ihrem Busen, der erheblich größer war als mei-

ner, wie ich voller Neid immer wieder feststellte. Und dann ließ sie die Bombe platzen.
„You come to America with us!"
Ihre Bombe hatte nicht die erwünschte Wirkung, denn obwohl ich die Idee einfach super fand, kamen mir sofort Bedenken.
„Das erlauben unsere Eltern doch nie! Lieb von dir, dass du das machen würdest, aber das können wir sicher vergessen."
„Na hör mal, das glaube ich erst, wenn es wirklich so weit ist! Will you really **let the chance go** without fighting for it?" Dabei funkelten ihre Augen vor Empörung.
„Vielleicht hast du ja Recht", sagte ich. „Aber ich habe echt keinen blassen Schimmer, wie wir das anfangen sollen. Und meine Eltern dürften die größere Hürde sein."
Schon immer hatte ich Nina darum beneidet, dass ihre Eltern das Leben im Allgemeinen und Ninas Erziehung im Besonderen ziemlich locker nahmen.
„Ich finde, das liegt auf der Hand", sagte Nina. „Du brauchst dringend Nachhilfe in Englisch. Und nirgendwo lernt man die Sprache besser als in den Ländern, in denen sie gesprochen wird. Schließlich wirst du dabei auf keinen Fall dümmer. Und unsere Eltern kennen sich ja, da müssen sie auch keine Angst haben."

to let the chance go die Gelegenheit verpassen

„Ja aber, die machen sich garantiert ins Hemd, weil ich doch fliegen muss!"
„Wenn du noch einmal ‚ja aber' sagst, muss ich wohl davon ausgehen, dass du gar nicht mitkommen willst!

Schöne Freundin!", schimpfte Nina. „Wir nehmen die Aktion Eltern-Überreden noch heute Abend in Angriff! Zunächst jede für sich, und wenn es nötig ist, beide zusammen!" Sie duldete keine Widerrede und ich dachte, dass sie vermutlich Recht hatte. Wenn ich es nicht versuchen würde, verpasste ich vielleicht die Chance meines Lebens!

ÜBERREDUNGSKÜNSTE

Als ich wieder zu Hause war, konnte ich es gar nicht erwarten, in mein Zimmer zu kommen. Schuhe und Jacke ließ ich achtlos im Flur fallen. Zum Glück war die Küchentür geschlossen. Ich hörte leise Musik und das Plappern von Sophie. Dem Geräusch nach zu urteilen, räumte Mama gerade den Geschirrspüler aus, also würde mich niemand zutexten, bevor ich in meine Bude ging. Ich knallte meine Mappe unter den Schreibtisch und drehte meinen CD-Spieler auf. Ich hatte vom Abend zuvor noch eine Kuschelrock-CD einliegen. Zur Musik kniete ich mich aufs Bett vor mein schönstes Nick-Poster. Ich gab dem Bild einen Kuss, direkt dorthin, wo sich Nicks Mund befand. Dort war das Poster schon ziemlich fleckig und ich hoffte, dass es an dieser Stelle nicht kaputtgehen würde. Dann lehnte ich mich zurück und faltete die Hände.

„Bitte, bitte, Nick, du musst mir helfen! Mach, dass meine Eltern mich mit Nina nach Amerika lassen! Zu dir. Dann könnten wir endlich zusammen sein! I'm **begging** you, please!" Ich schloss die Augen, lauschte einem Song von ewiger Liebe und Verlangen und träumte von Nick.

to beg
bitten; betteln

In meinem Traum gingen Nick und ich mit nackten Füßen und hochgekrempelten Hosen am Strand entlang; die Schuhe hielten wir in den Händen. Der Wind trieb graue Wolken über den Ozean, aber wir bemerkten es gar nicht. Hin und wieder blieben wir stehen, sahen uns tief in die Augen und küssten uns. Hach ja.

Wie fing ich es bloß an, dass ich meinem Traum ein Stückchen näher kam und mit nach San Francisco durfte? Mir war zumindest klar, dass ich bei meinen Eltern für gute Laune sorgen musste, bevor ich ihnen die Frage aller Fragen stellen konnte. Aber wie sollte ich das anfangen? Freiwillig Babysitten bei Sophie, damit unsere Eltern mal wieder einen Abend für sich hätten? Mama wollte das schon lange. Nach kurzer Überlegung kam ich zu dem Schluss, dass ich es ja nicht gleich übertreiben musste. Das würde ich mir für den Fall aufheben, dass alle anderen Methoden versagten. Sophie konnte eine solche Nervensäge sein. Ich konnte mich noch gut an den letzten Abend erinnern, den wir alleine verbracht hatten. Ich war ganz selbstverständlich davon ausgegangen, dass ich mein Schwesterlein ins Bett verfrachten würde, sobald unsere Eltern die Tür hinter sich geschlossen hatten. Anschließend hatte ich mich vor den Fernseher setzen und alles ansehen wollen, was ich sonst nicht durfte. Aber Sophie hatte nicht im Traum daran gedacht, problemlos ins Bett zu gehen. Sie hatte geschrien und getobt. Dann hatte ich ihr ein Bilderbuch nach dem anderen vorlesen müssen. Ich wäre beinahe dabei eingeschlafen. Irgendwann hatte ich überlegt, sie einfach mit vor den Fernseher zu nehmen, aber Sophie war damals erst drei und hatte noch weniger Verstand als

heute, obwohl das kaum vorstellbar ist. Sie hätte garantiert irgendetwas erzählt, womit wir aufgeflogen wären. Als sie endlich eingeschlafen war, hatte das Telefon geklingelt. Mama ist dran gewesen. In der Oper war Pause und sie hatte wissen wollen, ob alles in Ordnung wäre. Durch das Klingeln des Telefons war die kleine Kröte wieder wach geworden. Es war die Hölle.
Nein, es musste auch anders gehen.

In diesem Moment sah Mama zur Tür herein und verkündete, dass sie mit Sophie einen Arzttermin hätte. „Wir werden wohl trotzdem wieder ewig warten müssen. Es kann also spät werden."
Was das bedeutete, wusste ich schon jetzt: langweilige Brote zum Abendessen. Doch in diesem Moment kam mir die geniale Idee, wie ich gutes Wetter bei meinen Eltern machen konnte! Aber erst einmal zog Sturm auf: „Britt, wie oft muss ich dir noch sagen, dass du die Jacke aufhängen und die Schuhe nicht mitten im Flur parken sollst?" Offenbar hatte Mama das Chaos im Flur eben erst entdeckt. Sie klang ziemlich sauer, also beeilte ich mich, schnell alles ordentlich zu machen.
Kaum waren Mama und Sophie zur Tür hinaus, ging ich an unseren Küchenschrank und suchte nach den Kochbüchern. Drei holte ich hervor, aber die Rezepte klangen alle ziemlich schwierig und es sollte ja auf keinen Fall schiefgehen. Schließlich wurde ich doch noch fündig: Thunfisch-Sandwiches! Das würde sogar ich hinbekommen! Das war dann zwar nicht echt gekocht, aber was zählte, war der Wille. Ich konnte das Ganze ja nett dekorieren, und leckerer als normale Brote

waren Sandwiches garantiert. Außerdem eigneten sie sich hervorragend als Einleitung zum Thema. In Amerika konnte man die Dinger schließlich in jedem zweiten Laden kaufen, wenn ich Ninas Erzählungen Glauben schenken konnte.

Ich schlüpfte wieder in Schuhe und Jacke, zählte mein Taschengeld und ging zum Supermarkt an der Ecke. Dort schmiss ich Crème fraîche, Thunfisch, Currypulver, Eisbergsalat, Ketchup und Sandwich-Toasts in den Einkaufswagen und düste zur Kasse. Ich wollte unbedingt fertig sein, bevor Mama und Sophie zurückkamen. Aber weil es schnell gehen sollte, stand ich an der Kasse natürlich hinter drei Rentnern, die alle Bewegungen in Extremzeitlupe ausführten. Dann fiel mir zu allem Überfluss beim Bezahlen das ganze Kleingeld aus der Hand und verteilte sich kullernd durch den halben Laden. Doch schließlich hatte ich alles wieder eingesammelt, bezahlt und lief mit zwei vollgepackten Stofftaschen nach Hause.

Zum Glück war die Zubereitung der Sandwiches kein Problem. Ich legte die großen Toastscheiben in zwei Reihen nebeneinander auf den Tisch und schmierte auf jede Scheibe Ketchup. Darauf pappte ich je ein Salatblatt. Dann zermatschte ich Crème fraîche mit dem Thunfisch und kippte reichlich Currypulver dazu. Das Ganze auf eine Reihe der Toastscheibenparade geschmiert, die andere Hälfte drübergepappt und diagonal durchgeschnitten. Beim Schneiden quoll die Masse an den Seiten heraus und machte eine ziemliche Sauerei, aber wenigstens war das Essen fertig! Nicht schön, aber echt selten und selbst gemacht. Gerade als ich

die letzten Kleckse von der Thunfischmasse mit Küchenpapier wegwischte, kamen Mama, Sophie und Papa nach Hause. Alle gleichzeitig.
„Was ist denn hier passiert? Ich hätte jetzt Brote geschmiert", sagte Mama.
„Genau das hatte ich befürchtet", murmelte ich, aber als Mama nachfragte, weil sie es nicht verstanden hatte, sagte ich laut: „Ich wollte dich mal entlasten. Jetzt können wir einfach gleich essen. Ich hab riesigen Hunger!"
„Ich auch", sagte Papa, setzte sich und langte zu.
Eine Zeit lang waren wir alle mit Mampfen und Kleckern und Schmatzen und „Hmmm"-Sagen beschäftigt. Es schmeckte wirklich lecker.
Aber dann klebte Sophie mir ihr Salatblatt auf den Handrücken. An jedem anderen Tag hätte ich vor Ekel laut geschrien und ihr eine geschmiert, aber nicht heute. Ich würde mir von dem kleinen Stinktier meine schöne Strategie nicht kaputt machen lassen!
„Och, Sophie, du kleines Ferkelchen", säuselte ich also. „So was darfst du aber nicht machen. Das schöne Salatblatt ist sooo lecker und Britt braucht keine Curry-Handcreme, weißt du?" Mit Nachdruck legte ich den Salat zurück auf ihr verrutschtes Sandwich und rückte ein Stück von ihr weg. Sophie sah mich an und wusste offenbar nicht, was sie davon zu halten hatte. Meine Eltern auch nicht.
Papa ergriff dann auch das Wort. „Nun mal heraus mit der Sprache: Was hast du auf dem Herzen?"
War das wirklich so offensichtlich? Ich druckste ein wenig herum und sah Papa treuherzig an, dem noch ein bisschen von der Thunfisch-Creme im Mundwinkel hing.

„Ihr habt doch immer gesagt, ich solle mein Englisch verbessern." Ich schaute meine Eltern aus den Augenwinkeln an. Sie sahen alarmiert aus.
„Na ja, und da dachten wir …"
„Wer ist wir?", wurde ich sofort unterbrochen.
„Nina und ich. Also, wir dachten, weil Nina doch nach Amerika fliegt …" Ich hatte *fliegt* gesagt. Verdammt! Nun schauten sie noch beunruhigter.
„Regt euch bitte nicht auf, also wir dachten, ich könnte vielleicht mitkommen und etwas für mein Englisch tun." So, jetzt war es heraus. Nick, steh mir bei!
Mama und Papa warfen sich einen Blick zu, der von „Jetzt dreht sie völlig durch!" bis zu „Kinder zu bekommen, war wohl doch keine gute Idee" so ziemlich alles bedeuten konnte. Nur nicht: „Ja natürlich, mein Schatz, was für ein grandioser Einfall!"
„Du hast da was." Meine Mutter deutete auf das Thunfischzeug an Papas Mund und wandte sich dann zu mir. „Du könntest auch prima Englisch lernen, wenn du dich häufiger mit Nina in dieser Sprache unterhalten würdest." Ach, meine Mutter war immer so ungemein praktisch veranlagt.
„Ja, genau", pflichtete mein Vater ihr eilig bei. „Vielleicht könnte Ninas Vater ihr auch ein paar Nachhilfestunden geben, was meinst du, Sabine?"
Ich vergaß völlig, dass ich Contenance bewahren wollte, um meine Eltern bei Laune zu halten.
„Das ist doch nicht dasselbe!", polterte ich los. „Wenn mir bei Nina ein Wort nicht einfällt, versteht sie mich doch auch so. Und ihr Vater hat für so einen Quatsch doch gar keine Zeit!"

„Aber wie stellst du dir das denn vor? Wir hätten das damals auch nicht gedurft. Unsere Eltern hätten uns was gehustet!“ Ich hatte völlig vergessen, dass meine Erzeuger selten echte Argumente vorbrachten, wenn sie mir etwas verbieten wollten. Mir war der Appetit vergangen und ich bohrte mit dem Zeigefinger Löcher in das letzte Stück Sandwich, das auf meinem Teller lag.

„Was sagen Ninas Eltern überhaupt dazu?“

Ich zog meinen ketchupbeschmierten Finger wieder aus dem Sandwich heraus und sah meinen Vater aufmerksam an. Sollte ich ihn doch auf meine Seite ziehen können?

„Ihr kennt sie doch. Die haben bestimmt nichts dagegen.“

Aber das überzeugte Papa nicht.

„Es ist doch müßig, über die ganze Sache nachzudenken, bevor wir nicht wissen, ob sie dich überhaupt mitnehmen wollen.“

Ich nahm meine Bohrungen wieder auf. Klar doch, Denken ist anstrengend, da warten meine alten Herrschaften natürlich lieber, bis es sich lohnt. Wird man eigentlich automatisch so komisch, wenn man ein gewisses Alter erreicht hat? Obwohl – Ninas Eltern waren ja ganz anders. Ich bin wohl einfach in die falsche Familie hineingeboren worden. Ich gab die Hoffnung auf, vor allem, als meine Mutter das ultimative Totschlagargument anbrachte.

„Überhaupt ist Fliegen viel zu gefährlich. Da hätte ich ja keine ruhige Minute.“

Mama hat Flugangst und lebt in dem ständigen Wahn, dass jedes Flugzeug, in das eines unserer Familienmit-

glieder steigt, unweigerlich wie ein Stein vom Himmel fallen muss. Dabei muss Papa auch hin und wieder dienstlich in eines der fliegenden Blechteile steigen und es ist nie etwas passiert. Er hatte bisher noch nicht einmal Verspätung.
Ich konnte das Ganze wohl getrost vergessen. Byebye, Nick. Es wäre so schön gewesen. Meine Mundwinkel zitterten und es kostete mich all meine Beherrschung, um nicht loszuheulen.
In diesem Moment klingelte das Telefon. Da Mama ohnehin aufgestanden war, um Sophie den Mund abzuwischen, ging sie gleich ran.
„Haben wir es hier mit einer Verschwörung zu tun?“, hörte ich meine Mutter fragen. Dann hielt sie die Hand über die Sprechmuschel.
„Schatz, das ist Ninas Vater. Er fragt, ob wir über die Amerikareise reden können. Sie möchten gerne kurz vorbeikommen.“
„Hm. Von mir aus“, brummte mein Vater. Ich schöpfte wieder Hoffnung. Wenn sie sich auf ein Gespräch mit Familie Clark einließen, hatte ich doch noch eine Chance. Außerdem bedeutete es offensichtlich, dass Ninas Eltern einverstanden waren!
Rasch räumte ich die schmutzigen Sandwichteller in den Geschirrspüler. In unserer Vorratskammer fand ich noch Chips und Erdnussflips, die ich in Schüsseln füllte und auf dem Tisch verteilte, als es auch schon an der Tür klingelte.
„Hi, Peter, how are you?“, dröhnte die Stimme von Ninas Vater durch den Flur. Obwohl er schon seit Ninas Geburt in Deutschland lebte, sprach er bei jeder sich

bietenden Gelegenheit Englisch. Die offizielle Begründung war, dass Nina zweisprachig aufwachsen sollte, aber ich glaube, er mochte die Sprache einfach lieber.
„Fine, thank you“, antwortete mein Vater artig.
Ich knuddelte Nina und sie hob den Daumen, was wohl bedeuten sollte, dass sie mit ihren Eltern alles geklärt hätte und ich mir keine Sorgen machen müsste. Das hoffte ich zumindest.
Als alle saßen, kam Ninas Vater sofort zur Sache.
„We don't want to **beat about the bush**. Nina told us that she invited Britt to come with us to the US during the summer holidays.“
„Did she ask you **beforehand**?“, fragte meine Mutter sofort.
„No, she didn't, but we've agreed anyway.“
„A-ha.“ Was das bedeuten sollte, konnte ich nicht einordnen. Es konnte sowohl ihre Missbilligung ausdrücken als auch einfach bloß aha heißen. Schwierige Leute, meine Eltern.
„So now we'd like to ask you **whether** Britt is allowed to travel with us.“
„I'm not sure that I like the idea. We wanted to go to Bad Salzuflen this year. We always spend our holidays together.“
Natürlich. Meine familiensüchtige Mutter. Immer alle schön zusammen langweilen.
„Well, you've got nothing to lose if you let her come, but you do have a lot to **gain**. Britt's English is sure to be much better when the summer holidays are over.“
„I'm not sure that it'll work. She could speak German

to beat about the bush um den heißen Brei herumreden
beforehand vorher
whether ob
to gain gewinnen

to you all the time." Mein Vater stützte nachdenklich das Kinn auf seine Hand.
„Oh, we won't allow that! And you could ask her to write a travel diary in English."
„Hm, that sounds good. What about you, Susanne? Don't you think Britt could do that?"
Ich lauschte gebannt der Diskussion. Überraschenderweise verstand ich das meiste. Leider achtete niemand auf Sophie. So lange, bis sie in klarem Englisch lispelte: „This is **shit**!" Dabei zeigte sie auf das Pulver, das sie aus den Erdnussflips gemacht hatte. Offenbar hatte sie sie zwischen ihren schmierigen Händchen verrieben. Und den Satz hatte Nina ihr beigebracht, als wir nachmittags einmal für eine halbe Stunde auf sie aufpassen mussten.

shit Scheiße

Ninas Vater amüsierte sich königlich.
„Haha, a four-letter word already! What a clever little girl. I can teach you some more, if you like!"
Meine Mutter sah *not amused* aus.

UP, UP and Away!

„Oh, mein Gott, Nina, ich kann noch immer nicht glauben, dass meine Eltern mir erlaubt haben mitzufahren!"
„Und was heißt das auf Englisch?", fragte Nina mit gespielter Strenge.
„I still can't believe that my parents are going to let me go with you!"
„Hey, du wirst ja immer besser! Sag das nur nicht zu laut, sonst sagen deine alten Herrschaften am Ende noch, du hast diesen Sprachkurs gar nicht mehr nötig."
„Bloß nicht! Ich freu mich doch schon so!" Seit Tagen suchte ich Klamotten für meine Reisegarderobe zusammen. Heute hatte ich ein paar Sachen eingepackt, um Nina um Rat zu fragen. Meinen Bikini zum Beispiel.
„Ich freu mich doch auch so. Hab ich eigentlich erzählt, dass ich auch noch nie in San Francisco war?"
„Echt? Obwohl dein Vater von dort kommt?"
„Es hat sich einfach nicht ergeben."
„Seltsam." Ich hüpfte auf einem Bein, um in meine Bikinihose zu kommen. Dann nahm ich das Oberteil in Angriff.
„Kannste mal zumachen?" Ich drehte Nina den Rücken zu.
Dann schaute ich an mir herunter. Ich hatte es befürchtet.
„Ich sehe mit den schwarz-gelben Streifen aus wie Biene Maja! Ich brauche dringend einen neuen Bikini!"

„Ich weiß gar nicht, ob wir überhaupt zum Baden kommen werden."

„Willst du damit sagen, in San Francisco gibt es keinen Strand?" Schließlich wollte ich mich doch für Nick ein wenig bräunen, bevor ich ihm unter die Augen trat. Meine Berliner Käsebleiche wollte ich ihm jedenfalls nicht vorführen.

„Doch, klar gibt es den. Das hast du doch auf der Karte gesehen. Ich weiß nur nicht, ob wir nicht genug andere Dinge zu tun haben werden. Du willst doch schließlich Nick finden. Und die liebe Verwandtschaft werden wir sicher auch mal besuchen müssen."

An Ninas Verwandte hatte ich schon gar nicht mehr gedacht. Ihr Vater war etwas östlich von San Francisco, in **Walnut Creek**, aufgewachsen und mit Sicherheit wären seine Eltern enttäuscht, wenn er nicht mal bei ihnen vorbeischaute. Und natürlich würde er seine Familie mitnehmen. Sie würden Nina dann zum ersten Mal seit vielen Jahren sehen.

„Don't look so sad. **I've got** one for you." Nina zog ein winziges schwarzes Teil aus dem Schrank und hielt es mir hin. „Der müsste dir passen."

Ich zog mein Biene-Maja-Kostüm aus und schlüpfte in das schwarze Nichts. Der Kontrast zu meiner kalkweißen Haut war zwar heftig, aber der Bikini war super geschnitten. Wenn Nick mich darin sähe, wäre er sicher hin und weg!

„Danke, Ninotschka!" Ich gab ihr einen dicken Knutscher auf die Wange. Sie war aber mit ihren Gedanken schon wieder woanders.

Walnut Creek *Ort in der Bay Area; Name bedeutet wörtlich übersetzt „Walnussflüsschen"*
I've got ich habe

„Hör mal, das hat Papa mir gebrannt. Ne olle Kamelle über San Francisco."

Schon bei den ersten Takten wusste ich, dass ich das Lied auch schon gehört hatte. Meine Eltern hatten mir auch mal was über Blumenkinder und freie Liebe und so erzählt, aber damals hatte ich nicht richtig zugehört. Zumindest muss es ziemlich wild zugegangen sein in den 60ern.

„If you're going to San Francisco", grölte Nina und tanzte durch ihr Zimmer, „**be sure to wear** some flowers in your hair… If you're going to San Francisco, **you're gonna** meet some gentle people there."

be sure to wear vergiss nicht ... zu tragen
you're gonna (you're going to) du wirst
summer(time) Sommer

Sie nahm mich bei der Hand und zusammen sangen wir in imaginäre Mikrofone: „For those who come to San Francisco / Be sure to wear some flowers in your hair… If you come to San Francisco / **Summertime** will be a love-in there."

Anschließend waren wir vollkommen außer Puste und ließen uns kichernd aufs Bett fallen.

„Was ist eigentlich ein *love-in*?", wollte ich wissen.

„Also meine Eltern haben mir mal erklärt, was ein *sit-in* ist. Da sitzen alle zusammen für oder gegen etwas im Weg herum. Ein Sitzstreik sozusagen. *Love-in* klingt, als würde eine große Gruppe gemeinsam Liebe machen."

„Gruppensex für einen guten Zweck, oder was?" Ich stellte mir das ziemlich merkwürdig vor und musste lachen. Dabei hatte ich von Sex sowieso keine Ah-

nung. Vermutlich hatten das die meisten Mädchen in unserer Klasse noch nicht. Trotzdem gab es ein paar, die taten, als hätten sie alles, was in der BRAVO stand, schon praktisch erprobt. Ich glaubte ihnen kein Wort.
Patty zum Beispiel. Patrizia Breuer ging in unsere Klasse und eigentlich mochte ich sie ganz gerne. Aber wenn sie anfing zu fantasieren, mit wem sie angeblich schon geschlafen hatte, dann ging mir das mächtig auf den Keks. Natürlich handelte es sich ausnahmslos um Jungen aus den höheren Klassen, vor denen wir eher im Boden versinken würden, als zu fragen, ob Pattys Storys vielleicht doch stimmten.
Patty beneidete Nina und mich um die Reise, dabei hatte sie dazu gar keinen Grund. Sie flog immerhin nach Gran Canaria. Da war ich noch nie. Meinen Eltern ist es da zu heiß und außerdem kann man ja schlecht mit dem Auto oder der Bahn hinfahren. Aber wir mussten ihr versprechen, eine Postkarte aus San Francisco zu schreiben.

Wir hörten den alten Song über San Francisco noch oft vor der Reise. Die Zeit wollte und wollte nicht vergehen. Aber schließlich kam der letzte Schultag doch noch. Den hätte ich allerdings gerne übersprungen, denn mein Zeugnis war wirklich nicht der Hit. Eine Vier prangte bei Englisch und insgesamt war nichts besser als Drei. Außer Kunst natürlich, da hatte ich eine Eins, aber das war ein Fach, das bei meinen Eltern nicht wirklich zählte. Als ich ihnen verraten hatte, dass ich Comiczeichnerin werden wolle, hatten sie mich ausgelacht und gesagt, ich solle etwas Anständiges lernen.

Ja, klar doch. Am besten BWL studieren und genauso langweilig werden wie mein Dad. Das hätten sie vermutlich am liebsten.
Nina dagegen könnte sagen, sie wolle Straßenmusikerin werden oder Performance-Künstlerin und ihre Eltern würden ihr sogar dabei helfen, das möglich zu machen. Wieso können meine alten Herrschaften nicht ein bisschen lockerer sein?
Der erwartete Anschiss angesichts des Zeugnisses blieb zum Glück aus. Sie erinnerten mich jedoch noch einmal daran, dass ich ja nicht vergessen durfte, in Amerika Tagebuch zu führen, und zwar auf Englisch. Jeden Tag mindestens eine Doppelseite in der Kladde, die sie mir extra dafür überreichten. Meine Begeisterung hielt sich in Grenzen. Andererseits hätte es schlimmer werden können, also lächelte ich tapfer und machte mir Mut mit dem Gedanken, dass ich bald bei Nick wäre.
Und weil ich ohnehin dieses Tagebuch führen musste, fing ich einfach schon einmal damit an:

miracle Wunder

Dear Diary,
A **miracle** has happened! My parents, who are always –

Ängstlich, was heißt „ängstlich“? „Afraid“ passte nicht für den Zustand, den ich meinte. Ich kramte mein Wörterbuch hervor. Nach kurzem Suchen hatte ich ein Wort gefunden, das genau den Kern des Problems traf: „chicken-hearted“! Sie machten sich mitunter Sorgen, wie ein aufgescheuchtes Huhn. Also noch einmal:

My parents who are always chicken-hearted are allowing me to go with Nina and her parents to A-M-E-R-I-C-A!!! In an **A-I-R-P-L-A-N-E**!!! Yes, diary, I looked **just as astonished** as you do now.

War ich verrückt? Ein Tagebuch konnte doch nicht erstaunt gucken, das konnte überhaupt nicht gucken, aber egal was ich schrieb – es diente ja der Übung.

But whether I understand it or not – the main thing is that they gave me permission and my dream will **come true**: I'll be near Nicholas Stevenson! I will find him, he will fall in love with me, and then we only have to wait a few years till I'm old enough to marry him. Oh, this is so exciting! Thank you, Nina, for this fantastic idea!

Dann malte ich überall Herzchen an den Rand.

Ich konnte mein Glück immer noch kaum fassen, als ich zwei Tage später tatsächlich am Check-in-Schalter auf dem Flughafen stand. Der war allerdings noch geschlossen, denn wir waren tierisch früh aufgestanden, weil ich befürchtete, ich könnte den Flieger verpassen. Nina war auch da cooler: Ihre Familie kam eine halbe Stunde nach uns an. Die Zeit, bis wir eingecheckt hatten und durch die Absperrung gehen konnten, nutzten meine Eltern, um mir mindestens zweitausend gute Ratschläge zu geben.

airplane (*BE:* aeroplane) Flugzeug
just as genauso
astonished erstaunt
to come true wahr werden

„Am Meer ist es oft kühl, Schatz. Dann binde dir ein Tuch um.“ Oder: „Bleib immer bei den Clarks und lass dich nicht von irgendwelchen zwielichtigen Gestalten ansprechen. Vergiss nicht, das ist Amerika, die Hochburg des Verbrechens!“

In dem Stil ging es weiter, bis Ninas Vater einschritt: „Don't worry. We'll **keep an eye on** your daughter. She'll come back **in one piece**!” Ronan Clark schien das sehr witzig zu finden. Meine Eltern weniger, aber zumindest sagten sie nichts mehr.

to keep an eye on sb ein Auge auf jdn haben
in one piece heil, gesund

Endlich wurde unser Flug aufgerufen.

Meine Mutter umarmte mich zum Abschied, als wolle sie mich zerquetschen, und Sophie drückte mir einen zerknitterten Zettel mit Krikelkrakel in die Hand.

„Für diss. Damit du Sophie niss vergisst.“

Ich hatte die kleine Mistkröte plötzlich sehr lieb.

Papa knuffte mir gegen die Schulter. „Pass gut auf dich auf, mein Mädchen.“

Im Flugzeug ging es langsam voran, weil vor uns alle Leute erst ihr Handgepäck in den Fächern über den Sitzen verstauten. Ich saß selbstverständlich neben Nina und durfte sogar den Fensterplatz nehmen.

Ich fühlte mich großartig. Zumindest so lange, bis die Triebwerke eingeschaltet wurden und das Flugzeug langsam anrollte. Und richtig schlimm wurde es, als die Motoren aufheulten. Das Flugzeug vibrierte, als würde es jeden Moment auseinanderfallen. Der Lärm war unbeschreiblich; eine Mixtur aus Pfeifen, Wummern und Dröhnen. Dann ließ der Pilot die Bremse los und

der Flieger raste über die Startbahn. Ich wurde tief in meinen Sitz gedrückt.
„Ich will hier raus!", hörte ich mich sagen.
„Hast du etwa Flugangst, Britt?" Nina hielt besorgt meine Hand. „Meine Güte, du bist ja kreidebleich! Nimm lieber gleich 'ne Kotztüte."
„Nein, ist schon gut. Ich hab mir Fliegen bloß nicht so vorgestellt."
Um ehrlich zu sein, hatte ich eigentlich überhaupt nicht darüber nachgedacht, wie es sein würde, in einem Flugzeug zu sitzen. Ich war viel zu sehr damit beschäftigt gewesen, mir das Treffen mit Nick auszumalen. Offenbar hatte ich doch mehr von meiner Mutter, als mir lieb war, denn nun fielen mir alle Flugzeugabstürze ein, von denen ich je gehört hatte. Und das Schlimmste: Wir waren auf dem Weg in die USA. Wenn nun wieder jemand ein Flugzeug entführen und in ein Hochhaus jagen wollte? Worauf hatte ich mich da nur eingelassen?
Ich wurde in meinen finsteren Gedanken von den Sicherheitshinweisen der Flugbegleiter abgelenkt.

aboard an Bord
safety instructions Sicherheitshinweise
crew Besatzung
to place stellen
object Gegenstand
overhead compartment *Gepäckfach über den Sitzreihen*

„Ladies and gentlemen, welcome **aboard** International Airways flight IA2006. Please listen carefully to the **safety instructions** and follow any other instructions from the **crew**.
Please **place** small or light **objects** in the **overhead compartments**, and put heavier objects under the seat in front of you."

Ich hatte keine schweren Sachen dabei. Nur Lesefutter, Notizbuch, Stifte und Gummibärchen in meiner Tasche. Und ein Wörterbuch für den Notfall.
Mein Sitz war auch aufrecht gestellt und der Gurt angelegt.
Als die Flugbegleiterin zeigte, an welchen Stellen die Notausgänge zu finden waren, bemerkte ich, dass außer mir niemand hinsah, und offenbar hörte auch niemand zu. Manche Passagiere hielten die Augen geschlossen, andere lasen oder unterhielten sich mit ihren Sitznachbarn.
„Check to see which **emergency exit** is nearest to you. In the **unlikely event** of an emergency, lights in the **aisles** will **guide** you out. In a high **altitude** emergency, an **oxygen mask** will drop down in front of you."

emergency exit Notausgang
unlikely unwahrscheinlich
event *hier:* Fall
aisle Gang
to guide führen; leiten
altitude Höhe
oxygen mask Sauerstoffmaske
pleasant angenehm

Skeptisch blickte ich nach oben und hoffte inständig, dass ein solcher Fall niemals eintreten möge.
„Thank you for choosing International Airways. We hope you have a **pleasant** flight."
Hinten im Flugzeug fiel mit lautem Krachen etwas zu Boden. Ich schaute erschrocken auf.
„Don't worry, Britt, that was just the engine!", witzelte Ninas Vater.
Schönen Dank.
„My Daddy is trying to be funny. You'd better not listen to him." Nina nahm meine Hand und dafür war ich ihr dankbar.

Bis Frankfurt ging es glücklicherweise schnell und der Flug war ruhig. Bei der Landung hatte ich noch mal so richtig Schiss, aber ich konnte mich davon gar nicht erholen, denn dummerweise war die Zeit zum Anschlussflug nach San Francisco sehr knapp bemessen. Wir mussten mit unserem Handgepäck wie die Irren über den halben Flughafen rennen.

„Our baggage won't be coming with us!", mutmaßte Ninas Vater schnaufend, als wir endlich am richtigen Flugschalter angekommen waren. Er meinte vermutlich das Gepäck. In der Schule lernten wir britisches Englisch und ich kannte das Zeug nur als „luggage".

Gemeinsam mit einer blonden Frau, die es irgendwie geschafft hatte, ihre vier Kinder bei der Rennerei nicht aus den Augen zu verlieren, schienen wir die letzten Passagiere zu sein, denn man fertigte uns in null komma nichts ab und scheuchte uns durch die Absperrung zur Gangway. Im Flugzeug saßen alle schon, sodass wir bequem zu unseren Plätzen durchkamen.

Die Frau mit den vier Kindern hatte Mühe, ihren Mann zu entdecken, der aus unerfindlichen Gründen bereits im Flugzeug saß. Vielleicht hatte er gehofft, seine Sippe würde das Flugzeug verpassen und er hätte in aller Ruhe alleine Urlaub machen können, wer weiß? Ich dachte mir gerne solche Geschichten aus. Es gab so viele interessante Menschen auf der Welt, denen man oft nur ganz kurz begegnete, und nicht zu jedem fiel mir etwas ein, aber hin und wieder wurde mein Interesse geweckt.

Wir setzten uns, so rasch wir konnten, auf unsere Plätze – und dann passierte lange Zeit gar nichts. Als wir laut Flugplan längst schon in der Luft hätten sein müssen, meldete sich der Kapitän.

„Ladies and gentlemen, this is your captain speaking. There's a lot of traffic at the airport today, and the **control tower** still hasn't given us permission for take-off. Weather **conditions** are good, and we should be starting in just a few minutes. Sorry for the **inconvenience**."

Aber Ninas Vater sah das ganz anders: „They're checking the engines, I guess, but they won't tell us that."

Na Mahlzeit, das trug nicht dazu bei, meine Nerven zu beruhigen.

„Oh, shit", sagte das Mädchen, das auf dem Sitz neben Nina saß und bisher nicht gesprochen hatte. „Waiting in an airplane is *so* boring! And it happens every time. One day it's the engine, another day it's the weather or the air traffic."

Dann drehte sie sich auf ihrem Sitz zu uns um, so gut es mit dem Gurt gerade ging.

„Hi, I'm Amber Jones. I've been visiting my aunt in Frankfurt. I'm **on my way** back to San Francisco."

Offenbar war sie alleine unterwegs und es klang so, als würde sie öfter fliegen. Amber sah nicht sonderlich gut aus, schien jedoch ein Herz aus Gold zu besitzen. Zumindest machte sie einen sehr warmherzigen Eindruck. Und ich hatte immer gedacht, alle amerikanischen Mädchen wären Zicken. Vielleicht sollte ich doch weniger fernsehen.

control tower
Kontrollturm
condition
Bedingung
inconvenience
Umstände
on my way
unterwegs

Als es dann eine halbe Stunde später endlich losging, war ich noch nervöser als vor dem ersten Start. Der Flug war auch unruhiger. Beim ersten Luftloch erlitt ich fast einen Herzinfarkt.

„If Nick could see you like this!“ Nina grinste. Sie hatte die Auflage bekommen, sich so viel wie möglich mit mir auf Englisch zu unterhalten, und nachdem ihre Mutter sie schon einige Male mit zusammengezogenen Augenbrauen angesehen hatte, versuchte sie nun offenbar, sich daran zu halten. Ich knuffte sie auf ihren Oberarm. Ausgerechnet das hätte sie vor Amber ja nun nicht auf Englisch sagen müssen. Aber mit dem, was sie sagte, hatte sie natürlich Recht. Ich sollte mich nicht wie ein kleines Mädchen aufführen, das würde Nick sicher nicht gefallen. Immerhin hatte Nina es nun geschafft, dass ich nicht dauernd über den Flug nachdachte. Nina holte die neueste BRAVO hervor und wir amüsierten uns über eine angesagte Teenie-Boygroup.

cute niedlich, süß
creature Geschöpf
male männlich
awful schrecklich

„Those aren't boys, are they?“, ließ sich Amber vernehmen, die Nina von der anderen Seite über die Schulter sah.

„Believe it or not, these **cute** little **creatures** are all **male**!“, teilte Nina der verdutzten Amber mit. Dabei sah besonders der Front„mann“ wie ein hübsches kleines Girlie aus.

„They're sixteen years old and their music is **awful**!“

Ich hatte ihren ersten Hit einmal im Radio gehört und nach der Hälfte abgeschaltet. Ich fand es auch ziemlich nervtötend, dass sie in letzter Zeit fast jedes Titelbild der BRAVO zierten. Sie könnten ruhig hin und wieder einmal Nick abbilden. Aber er war Schauspieler; da musste ich froh sein, dass er überhaupt im Heft zu sehen war. In dieser Zeitschrift ging es ja vorwiegend um Musik. Und um Sex. Meine Mutter hatte mir mal erzählt, dass die BRAVO schon vor vierzig Jahren damit angefangen hatte, Aufklärung zu betreiben. Lange Zeit war das Magazin die einzige Möglichkeit, sich über Sex zu informieren, weil die Eltern einfach alle zu verklemmt waren. Und in manchen Familien scheint das heute noch so zu sein, denke ich immer, wenn ich mir die Fragen auf der Dr.-Sommer-Seite durchlese. Obwohl wir uns ja alle nicht sicher waren, ob diese Fragen nicht womöglich von den Erwachsenen in der Redaktion ausgebrütet wurden.

tits Titten
ass *(AE)* Arsch
naked nackt
laughing-stock Zielscheibe des Spottes
schoolfriend Schulfreund(in)

Wir lästerten noch ein bisschen über die beiden Nackten ab, die diesmal auf den Aufklärungsseiten zu sehen waren. „No **tits**, no **ass** – schade, das reimt sich nicht auf *Snow White*!“ Nina kicherte.
Amber schaute peinlich berührt zur Seite.
„You wouldn’t see any **naked** people in an American kids’ magazine.“
„Why not? There’s only one thing I’ll never understand: where does the magazine find the naked people? These boys and girls must be the **laughing-stock** of all their **schoolfriends** when they see them like this.“
„In America it’s different. Just taking photos like this

scandal Skandal
to publish veröffentlichen
tremendous ungeheuer
to death zu Tode
to fall apart auseinanderfallen

would be a **scandal**. There's no way you could **publish** them in a kids' magazine." Ich hatte ja schon öfter mal gehört, dass jenseits des Atlantiks die große Verklemmung herrschte. Aber dass es so extrem war? Wie sollten die Kids dort lernen, was alles okay ist, wenn sie es nie zu sehen bekamen? Das war ja irgendwie noch schlimmer als Deutschland vor vierzig Jahren.

Von irgendwoher wurden wir angezischt, weil rund um uns die Leute schlafen wollten. Nina beschloss, noch ein wenig zu lesen, Amber war auch müde und schloss die Augen, aber ich holte lieber mein Notizbuch heraus.

Dear Diary,
Now I know why Mum is so afraid of flying. The **tremendous** noise when the airplane took off scared me **to death.** I thought it would **fall apart.**
But I'm on my way to San Francisco and nothing can stop me now!

Ich hatte keine Lust mehr weiterzuschreiben und zeichnete stattdessen die Flugbegleiterin im Manga-Stil, wie sie gerade auf die Notausgänge zeigte. Und weil ich gerade dabei war, machte ich noch einige andere Skizzen. Nick war auch darunter – ich kannte sein Gesicht ja in- und auswendig. Ich betrachtete mein Werk und war zufrieden. Schließlich knipste auch ich die Lampe über meinem Sitz aus und schlief ein.

AMERICA the Beautiful

Gelbe Vorhänge? Hatte jemand über Nacht mein Zimmer umdekoriert? Ich rieb mir die Augen und drehte mich auf die linke Seite. Da lag Nina und endlich drang die Erkenntnis in meine Hirnwindungen, dass ich ja am Ziel meiner Träume war: in San Francisco, in der Nähe von Nicholas Stevenson! Ruckartig setzte ich mich im Bett auf. Ich konnte mich nur noch dunkel daran erinnern, wie wir vom Flughafen zum Hotel gelangt waren. Meine innere Uhr ging neun Stunden vor und ich war wirklich fix und fertig gewesen. Nina hatte auch nicht viel besser ausgesehen. Da hatte auch das Schlafen im Flugzeug nichts genützt.

Aber nun war ich halbwegs ausgeruht.

Ich hätte vor Freude quietschen können, dass ich nun endlich in Nickys Stadt war, und ging zum Fenster. Nachdem ich die komischen gelben Gardinen zur Seite gezogen hatte, bot sich mir ein Bild, das ich nie vergessen werde: die Skyline von San Francisco und die Bucht im Hintergrund. Amerika! San Francisco – the Bay City! Nun fehlte nur noch Nick zu meinem Glück. If I'd only knew where to find you, my darling! Where in the city do you live? Ich hatte mir fest vorgenommen, hier in meinen Gedanken englisch mit ihm zu reden. Wer weiß, vielleicht konnte er mich hören?

Mein Blick wanderte über die Hochhäuser. Als wir im Hotel angekommen waren, war ich viel zu müde gewesen, um aus dem Fenster zu schauen. Mit einem Mal

kam ich mir so dumm und klein vor. Wie konnte ich mir nur einbilden, dass es einfacher sein würde, Nicky zu treffen, wenn ich mit ihm in derselben Stadt wäre? Wie viele Einwohner hatte San Francisco? Rund sechshunderttausend. So viele wie Frankfurt am Main. Was habe ich mir nur dabei gedacht?
Hinter mir gähnte Nina laut.
„**What the hell** are you doing over there?", brummelte sie mich an.
„Ich dachte nur gerade –"
„Speak English, please!"
„Du bist ja schlimmer als meine Eltern!"
„Don't you want to improve your language skills? Nick won't understand a word you say if you keep on speaking German all the time."
Dieses Argument überzeugte mich natürlich. Allerdings wusste ich schon jetzt, dass ich das Englisch-Sprechen mit Nina nicht ewig durchhalten würde.
„Okay, I just wanted to say that it's **useless looking for a needle in a haystack**. This city is much too large to find one **particular** person. It's as big as Frankfurt."
„Don't give up before you've even **tried**. Your needle has a famous name, and you can ask the **occupants** of the haystack whether one of them knows where you can find him. So you can't compare it, really."
Sie hatte natürlich Recht. Ich setzte mich zu ihr aufs Bett. „It won't be easy, **though**."

what the hell was zum Teufel
useless nutzlos
to look for a needle in a haystack eine Stecknadel im Heuhaufen suchen
particular besondere (-r/-s)
to try (tried, tried) versuchen
occupant Bewohner(in)
though aber; jedoch

Nina rekelte sich und gähnte noch einmal. „Nobody said that it would be easy. What's wrong with you this morning?"

„I think I **faced** the truth by looking out of that window." Ich deutete zum Fenster hinüber.

Nina rollte sich in Zeitlupe aus dem Bett und schlurfte durch den Raum.

„Oh", sagte sie nur, als sie am Fenster angekommen war. Und das wiederum sagte eigentlich alles.

„Siehste, genau das meine ich. Er kann praktisch überall sein."

„We'll find him, **honey**, I promise."

Ich drückte Nina fast die Luft ab, weil ich so gerührt war. Da klopfte es an der Tür. Nina öffnete und ihr Vater, den ich neuerdings Ronan nennen durfte, steckte den Kopf ins Zimmer.

„Hi **gals**, what a beautiful morning! You two should take a shower **right now** and hurry down to the lobby. **I wanna** show you lovely San Fran!" Ronan versprühte so viel gute Laune, dass es ansteckend war. Man merkte ihm deutlich an, wie sehr er sich freute, wieder mal in seiner Heimat zu sein.

„And what about breakfast?", wollte Nina wissen.

„We'll be going to a coffee shop."

Der Coffeeshop lag ganz in der Nähe vom Hotel. Ronan bestellte ***hash browns*** und *scrambled eggs* für alle, nur er selbst nahm die Eier *sunny side up* – es handelte sich um Spiegeleier. Die Bratkartoffeln und die Rühreier waren superlecker und am besten fand

to face ins Auge sehen

honey Süße

gal (girl) *(AE)* Mädchen

right now jetzt sofort

I wanna (I want to) ich will

hash browns *geraspelte rohe Kartoffeln, die wie Bratkartoffeln zubereitet sind*

ich, dass man dazu warmes Toastbrot mit gesalzener Butter reichte. Dazu trank ich den ersten Kaffee meines Lebens. Ninas Eltern hatten uns davon überzeugt, dass diese dünne Plörre eigentlich gar kein echter Kaffee war. Und richtig, ich merkte rein gar nichts von Koffein. Mit der richtigen Menge Zucker darin war das Zeug sogar richtig lecker. Ich sah ein wenig traurig in meinen Becher, als der Kaffee alle war. Prompt kam eine Bedienung mit Kaffeekanne herbeigeeilt.
„Take it, it's **free refill**!“, sagte Ronan, als er meinen skeptischen Blick sah. Ich verstand nicht.
„Kaffee gratis bis zum Abwinken“, sagte Nina und grinste.
Amerika begann, mir zu gefallen.

Nach dem Frühstück gingen wir rasch noch einmal ins Hotel, weil ich nicht daran gedacht hatte, gleich meinen Fotoapparat einzustecken. Außerdem lag das Reisetagebuch noch auf dem Bett und ich sollte es mir ja für Notizen einstecken. Aber dann waren wir startklar und begannen unsere Tour direkt am Union Square. Rund um den Platz mit den vielen Palmen und der Statue einer Siegesgöttin in der Mitte befand sich das wichtigste Einkaufsviertel der Stadt. Ninas Mutter Marianne machte uns auf ein Kaufhaus aufmerksam: „Macy's – the largest department store on earth“, sagte sie. „Die Filiale in New York ist allerdings noch viel größer.“
„Oh my god, please **spare** me!“, rief Ronan in gespielter Verzweiflung. „If we go into Macy's, you won't

free refill kostenloses Nachschenken
to spare verschonen; sparen

come out until we have to leave America again." Er zog Marianne am Arm, damit sie uns nicht ins Kaufhaus schleppen konnte. Offenbar litt Ronan, genau wie mein Vater, an einer Frauen-Shopping-Phobie.

„I'll show you something really interesting."

Kurze Zeit später deutete Ronan auf eine Straßenbahn. Allerdings sah diese völlig anders aus als diejenigen, die ich aus Berlin kannte, und Menschen hingen aus den Türöffnungen.

„This is the famous San Francisco **cable car**! Look at the cables in the street."

Und wirklich, in der Straße waren Rillen eingelassen, durch die dicke Stahlseile verliefen, an denen das Cable Car gezogen wurde.

„The streets of San Francisco are very steep, as you might have noticed already. So in the 1870s they invented these cable cars for **public** transport. The **wagons** are linked to the cable so they don't slide down the hill. **Come on**, let's go!"

Ronan half uns in das Cable-Car und stellte sich selbst außen hin. Er genoss den Fahrtwind sichtlich.

Mir wurde fast ein bisschen schlecht, als sich das Cable-Car neigte und steil nach unten auf die Bucht zufuhr. Bang blickte ich zurück nach oben und betete, dass das Seil halten möge, das mir gar nicht mehr so dick vorkam. Ich musste jedoch zugeben, dass der Blick über die Bucht fantastisch war.

„Look at that little island over there. That's Alcatraz, the famous **prisoners**' island."

cable car *Straßenbahn in San Francisco*
public öffentlich
wagon *(AE)* Wagen
come on kommt (schon)
prisoner Gefangene(r)

Ich kannte die Gefängnisinsel nur aus einem Film mit Sean Connery, Ed Harris und Nicolas Cage. *The Rock – Entscheidung auf Alcatraz* hieß er wohl. Verglichen mit dem, was da im Film passiert, sah die Insel von hier oben richtig idyllisch aus.

Wir fuhren hinunter bis zum Fishermans' Wharf, wo die Endstation des Cable-Car war. Offenbar handelte es sich um eine echte Touristenattraktion und Nina schlug mir so oft auf den Oberarm, dass ich davon schon blaue Flecken bekam. Und immer war es, weil sie irgendeinen Jungen sah, der ihr gefiel, oder von dem sie meinte, dass er was für mich wäre.

„Look over there, that guy is very, very cute! Don't you think he looks a lot like your Nick?"

„What gave you that idea? He looks nothing like Nicky!"

Ich schaute mich natürlich immer um, ob er nicht irgendwo höchstpersönlich auftauchte, aber bald sah ich ein, dass er sich an solchen Touristenfallen nicht aufhalten würde. Hier am Pier 39 reihte sich ein Souvenirladen an den nächsten, aber die größte Attraktion waren wohl die Seehunde, die sich auf einer Plattform sonnten. Es sah aus, als würden sie extra für die Touristen posieren. Natürlich zückte auch ich meinen Fotoapparat und lichtete die knuddeligen Robben ab.

„So, Britt, I guess you've already **written** lots of things about our lovely city in your **notebook**, right?" Ronan zwinkerte mir zu. Das fast leere Notizbuch brannte mir bei dieser Frage beinahe ein Loch in die Tasche.

Ninas Vater grinste bei meinem schuldbewussten Gesichtsausdruck. „Maybe

to write (wrote, written) schreiben
notebook Notizbuch

you two girls should talk a bit less about the male **inhabitants** of San Francisco and listen more closely to what I'm trying to tell you about the place. So what did you like best so far?"
„The cable car was exciting. And the seals are so sweet!"
„So write about it! Let's take a little break, drink some coke and eat a burger or something. That'll give you a chance to **jot down** some notes."
Wir fanden recht bald einen Burger-Laden und konnten uns sogar draußen in die Sonne setzen.
„Do you want to show me what you've written so far?", fragte Ronan, nachdem wir uns gestärkt hatten.
Ich presste das Notizbuch an mich.
„To be **honest**, I didn't write a **single** word, Ronan."
Jedenfalls nicht zum Sightseeing, setzte ich in Gedanken hinzu. Meine Gedanken zu Nick würde ich ihm jedenfalls nicht zeigen!
„Look, she's **blushing**!" Nina kicherte. Schöne Freundin.
„I think your parents will be a little **upset** if you go back to Germany with an empty notebook. **You're supposed to** write something every day about what's going on – that was the deal."
Ronan hatte vollkommen recht, aber schlimmer noch, als Englisch zu sprechen, fand ich es, in dieser Sprache zu schreiben. Seufzend nahm ich den Stift zur Hand, um wenigstens einige Stichworte zu notieren, damit ich später ausführlicher darüber berichten konnte. Ninas Mutter sah mir dabei über die Schulter.

inhabitant Einwohner(in)
to jot down schnell hinschreiben
honest ehrlich
single einzeln, einzig
to blush erröten
upset verärgert; durcheinander
you're supposed to du sollst

„Oh, Britt, did you draw these beautiful pictures? You're very **talented**!"
Sie hatte die Mangas entdeckt, die ich im Flugzeug gezeichnet hatte.

„I **wish** that **counted for something** with my parents. **Unfortunately**, art isn't the kind of subject they want me to be good at." Dabei hatte ich lange schon davon geträumt, mit dem Zeichnen etwas anzufangen, obwohl ich glaube, nicht gut genug dafür zu sein. Und zwar schon, bevor ich „Lolle" aus *Berlin, Berlin* im Fernsehen gesehen hatte. Viele Mädchen fingen damals ja überhaupt erst an zu zeichnen, aber ich kritzelte schon die ersten Comics, als ich gerade mal einen Stift halten konnte.

talented begabt
to wish sich wünschen
to count for something etwas gelten
unfortunately leider
(my)self selbst

„You can do a lot of things with that, though", riss mich Marianne aus meinen Gedanken. „Drawing comics isn't the worst way to earn money."
„I'm sure I'm not good enough for that."
„What grade did you get in art on your report card?"
Ich sah Ronan irritiert an. „Does report card mean school report?"
„Yes, that's it."
„I think you call it an ‚A' in America. Eine Eins hab ich."
„So what are you worried about? That's great! You wouldn't have an A if you weren't good. And you are good – I can see that **myself**."
Das war der Moment, in dem ich ein zweites Mal errötete. Einerseits war es mir peinlich, so über den grünen Klee gelobt zu werden, andererseits freute ich mich

sehr, dass mich Ninas Eltern offenbar für talentiert hielten. Vielleicht sollte ich ja doch häufiger zeichnen und versuchen, auch mal eine Zeichnung zu verkaufen. Nina lag mir damit schon länger in den Ohren, aber ich dachte bislang immer, sie übertriebe maßlos.
Nachdem ich mir wenigstens noch ein paar Stichworte als Gedächtnisstütze notiert hatte, gingen wir durch die Menschenmassen wieder zur Cable-Car-Station. Nina kramte in ihrer Bauchtasche nach einem Taschentuch und sah nicht nach vorne. Bevor ich sie warnen konnte, war sie auch schon mit einem Jungen zusammengestoßen.
„Sorry", stammelte sie und sah den Jungen an, als habe ein Messer sie durchbohrt und sie müsse jeden Moment tot zusammenbrechen. Der Junge nahm sie bei den Schultern.
„Excuse me, I didn't see you at all. Are you okay?"
Nina nickte nur, bekam aber kein Wort heraus. Da hatte der Junge sich auch schon verabschiedet und war verschwunden.
„Hey, Nina, halloooo!" Ich winkte mit meiner Handfläche wie mit einem Scheibenwischer vor ihrem Gesicht herum. „Earth calling Nina! Everything okay with you?"
„Hast du den eben gesehen?" Nina war so verwirrt, dass sie sogar vergaß, englisch zu sprechen.
„I couldn't help it. You were both standing right in front of me."
„Gott, war der süß!"
„You've said that about every second guy we **came across** today."

to come across sb
jdm begegnen

to stare starren
deep tief
embarrassing peinlich
to admit zugeben
to vanish verschwinden
Fate das Schicksal
destined bestimmt
old maid alte Jungfer
from afar von Weitem

„That may be true, but none of them **stared** as **deep** into my eyes as he did."
„Why didn't you ask him for his name and his phone number?"
„Are you crazy? I couldn't do that! What would that look like? That's **embarrassing**!"
„Why don't you just **admit** that you simply couldn't speak at all?"
„Jaja, lach du nur." Nina schmollte auf dem ganzen Weg zum Hotel.
Wir gingen früh zu Bett, weil uns der Jetlag in den Knochen steckte. Trotzdem schliefen wir nicht gleich. Ich vervollständigte meine Notizen darüber, was wir heute gesehen hatten. Zum Schluss schrieb ich:

When we went back to the cable car station, Nina bumped into a young man and was hit by Cupid's arrow. But the boy **vanished** before she had a chance to even ask him his name. **Fate** is strange. What if HE's the man she was **destined** for? She'll never meet him again and will die an **old maid**.
Unfortunately, there was not a single sign of Nick all day long. Will I ever meet him? Or will I have to go home without even having seen him **from afar**?

DIE WELT ist klein

Am nächsten Morgen hatte Nina sich glücklicherweise beruhigt, und wir beschlossen diesmal, auf eigene Faust loszuziehen.

Wir hatten den Stadtplan von San Francisco gerade umständlich auseinandergefaltet und auf dem Bett ausgebreitet, als es an die Tür klopfte.

„Hi there, it's Amber!", trällerte eine Mädchenstimme.

Amber! Die hatten wir völlig vergessen. Wir hatten ihr im Flugzeug erzählt, dass wir im Union Square Hotel wohnen würden, und sie hatte versprochen, uns dort zu besuchen und etwas mit uns zu unternehmen. Und weil sie wusste, dass wir unsere Inliner im Gepäck hatten, hatte sie ihre auch gleich mitgebracht.

„How about skating in Golden Gate Park?", fragte sie, als sie ins Zimmer trat und den Stadtplan bemerkte. Sie ging darauf zu und deutete auf das grüne Rechteck, das sich praktisch von der Mitte der San-Francisco-Halbinsel bis zum Pazifik erstreckte. Es sah aus, als hätte jemand ein grünes Pflaster auf die Stadt geklebt. „We can go there by public transport and skate along John F. Kennedy-Drive. It's a lot of fun!"

Sie musste uns nicht lange überreden. Wir sagten noch Ronan und Marianne Bescheid, die ganz froh waren, alleine etwas unternehmen zu können. Natürlich sparten sie nicht an den typischen Ermahnungen, bevor sie uns entließen. Vermutlich hatten wir das meinen Eltern zu verdanken, denn so besorgt und spießig kannte ich die Clarks bisher gar nicht.

Die Fahrt mit den öffentlichen Verkehrsmitteln dauerte nicht lange. Am östlichen Ende des Golden Gate Park angekommen, holten wir die Inliner aus unseren Rucksäcken, zogen sie an und legten los. Wir kamen an einem großen Gewächshaus vorbei, dem Victorian Greenhouse, mit vielen exotischen Pflanzen darin. Tennis- und Spielplätze, kleine Seen und viele Wiesen säumten den Weg. Wir skateten gemütlich nebeneinanderher, damit wir nicht allzu sehr außer Puste kamen und uns noch unterhalten konnten.

„Last Sunday I saw Nicholas Stevenson skating through the Park. He's an actor. Have you heard of him?"

Ich hätte mich beinahe an meinem Kaugummi verschluckt, den ich kurz zuvor in den Mund geschoben hatte. Amber hatte Nick gesehen!

desperately
verzweifelt

„Yes, he's well-known in Germany, too", erwiderte ich betont lässig. Es musste ja nicht unbedingt sein, dass Amber von meiner Liebe zu ihm erfuhr.

Aber dafür hatte ich ja Nina: „Britt's fallen in love with him!", trompetete sie und kicherte. „And now she's **desperately** hoping to meet him somewhere in San Francisco."

Und so was nannte sich „beste Freundin"! Pah! Am liebsten hätte ich ihr den Hals umgedreht! Amber ging das gar nichts an. Am Ende war sie sogar selbst in ihn verliebt oder sie würde sich über mich lustig machen. Aber offenbar war sie sogar dazu zu nett, denn sie reagierte sehr mitfühlend.

„Oh, isn't he cute? He's so **handsome**. But San Francisco is such a big city! Did you find out where he lives?"
„No, unfortunately not. Do you have any idea where I could start looking?" Schließlich lebte Amber in derselben Stadt.
„No, none at all. Sorry."
Ich bemühte mich, nicht allzu enttäuscht zu wirken. Aber ich war höchst neidisch darauf, dass sie ihm schon begegnet war. Dann klammerte ich mich an den Gedanken, dass er vielleicht öfter mal durch den Park fuhr. Fortan beobachtete ich noch genauer unsere Umgebung und träumte gleichzeitig weiter davon, Hand in Hand mit ihm den Strand entlangzuspazieren. Oder auch durch die Wüste Gobi, das wäre mir vollkommen egal, solange er nur bei mir wäre. Ich blendete dabei wieder einmal völlig aus, dass ich vermutlich nicht das einzige Mädchen war, das sich solche und andere Dinge von ihm wünschte.

handsome schön, gut aussehend

In Berlin war ich schon länger nicht mehr geskatet und so spürte ich bald jeden einzelnen Muskel in meinen Beinen. Aber Amber und Nina hatten sich in den Kopf gesetzt, den Golden Gate Park einmal bis zum anderen Ende zu durchqueren. Also hechelte ich hinterher.
„Okay, we've made it", sagte Nina Stunden später, wie es schien. Sie wedelte mit dem Stadtplan vor meiner Nase herum. „This is the end!"
„Oh, Mann, du Sklaventreiberin. I hurt all over!" Ich ließ mich an einem Zaun einfach auf die Wiese plumpsen und holte meine Wasserflasche aus dem Rucksack. Beinahe hätte ich sie in einem Zug leer getrunken, erin-

nerte mich jedoch rechtzeitig daran, dass ja auch noch der Rückweg vor uns lag. Wie ich den allerdings bewältigen sollte, war mir schleierhaft.
„Don't be such a **wimp**", neckte Nina mich. „Take a look around."
Da ich wieder halbwegs beieinander war, begann ich, mich tatsächlich ein bisschen für die Umgebung zu interessieren. Ich lugte durch den Zaun.
„Schau mal! Wir sind an einem Golfdings gelandet."
„Golf course heißt das."
„Meinetwegen. Sieht ziemlich albern aus, was die da machen. – Äh, it looks quite funny, what they're doing", sagte ich zu Amber gewandt, weil die Ärmste immer so ratlos aussah, wenn ich versehentlich wieder in meine Muttersprache fiel.
Ich deutete mit dem Kopf zu zwei Jungs hinüber, die eifrig ihre Schläger schwangen. Sonst war niemand dort zu sehen. Ball auf Ball schlugen sie in die Botanik und erschienen dabei extrem konzentriert.
„Man müsste denen mal eine Bowlingkugel unterjubeln." Nina kicherte. „Oder Superkleber an den Schläger schmieren."
„I always thought golf was a sport for **pensioners**. Don't they usually walk across the golf course for hours and hours?"
„I'm sure these guys are only practising", vermutete Amber.
Nina legte ihre Hände ringförmig um die Augen, als würde sie durch ein Fernglas sehen. „I wonder what they imagine they're hitting when they hit that **innocent** ball ..."

wimp Jammerlappen
pensioner Rentner(in)
innocent unschuldig

Wir alberten weiter herum und kicherten immer lauter, bis einer der beiden Jungs sich schließlich zu uns umdrehte. Er rief seinem Kumpel etwas zu und schließlich sahen beide zu uns herüber.
„They don't look bad, as far as I can see from here", sagte ich. Nick vergaß ich dabei trotzdem keine Sekunde lang.
Nina erstarrte. „If I didn't know better …" Sie schüttelte energisch den Kopf. „No way, I must be seeing pink elephants."
„**Share** with me your **muddled** thoughts", bat ich sie und fing mir dafür einen vernichtenden Blick ein.
Ich überlegte, fortan wieder deutsch zu sprechen, denn ich hatte den Eindruck, was jetzt kommen würde, ging Amber nichts an. Obwohl – meine Liebe zu Nick war ja auch nicht wirklich für ihre Ohren bestimmt gewesen. Andererseits konnte Nina auch nicht geahnt haben, dass ich es für mich behalten wollte, also fiel ich ihr trotz allem nicht in den Rücken. Sie sah wieder zu den beiden Golfern hinüber. „Schau doch mal selbst."
„Hab ich doch gerade."
Ich kniff die Augen zusammen, weil ich in der Ferne nicht optimal sehen konnte, und langsam dämmerte mir, was Nina meinte. Es sah aus, als wäre das der Typ von gestern.

to share teilen
muddled verwirrt; durcheinander

„Vermutlich gibt es hier eine Menge blonder Kerle mit so einer Figur. Wir sind schließlich in Kalifornien."
Wir sahen noch einmal hinüber, als der Blonde uns plötzlich zuwinkte.
Nina zuckte zusammen.
„Britt, es ist unglaublich, aber das ist er. Da bin ich ganz sicher."

TREFFER!

Nachdem Nina sich von diesem Schock erholt hatte, bekam sie auch wieder ein Lächeln zustande, traute sich aber nicht mehr, die Jungs anzusehen.
In diesem Moment klingelte ein Handy. Die Melodie kannte ich nicht, also konnte es nur Amber gehören, die folgerichtig auch hektisch in ihrem Rucksack herumwühlte.
„Oh, Mom, are you sure?“ Sie sah während des Telefonats in die Luft und ich hatte den Eindruck, dass sie hinter ihrer Brille ein klein wenig schielte.
„I'm at Golden Gate Park Golf Course. I'll never get there in time!“ Sie zog eine Schnute. „Okay, I'll meet you on Fulton Street. See you.“ Dann klappte sie ihr Handy zu.

goddam (god damn) verdammt
cellphone *(AE)* Handy
orthodontist Kieferorthopäde, Kieferorthopädin
appointment Termin
on your own alleine
nauseous übel

„These **goddam cellphones**! I'd rather sit here talking to you and watching these guys playing golf than go to the **orthodontist**. I really thought the **appointment** was tomorrow. My mum's gonna pick me up in a few minutes. I hope you'll find your way back to Union Square Hotel **on your own**?“
Zumindest hofften wir das. Wir tauschten unsere Handynummern aus und sahen Amber nach, wie sie mit wehenden Haaren verschwand.
Nun linste Nina doch wieder zu den Jungs hinüber.
„Britt, it's him, it's really him! Oh my god, I feel **nauseous**!

I thought San Francisco was a big city, not a village where you meet the same **folks** on every corner!"
„Maybe you were destined to meet him again." Langsam gewöhnte ich mich daran, öfter englisch zu sprechen. Mir fielen auch die Vokabeln schneller wieder ein.
„I don't believe in that fate stuff!", gab Nina ein bisschen genervt zurück. „What do you think his name is?"
„Why don't you just ask him? He'll be here in about twenty **seconds**", sagte ich, denn ich sah, wie die Jungs um den Zaun herumgingen und auf uns zukamen.
„Are you crazy? Why didn't you tell me before?", fauchte Nina mich an, nachdem sie sich umgedreht hatte und die Katastrophe anrollen sah. Noch bevor sie ihre Frisur möglichst vorteilhaft zurechtstrubbeln konnte, standen die Jungs neben uns und sprachen uns auf äußerst originelle Weise an.

folk(s) *(AE)* Leute
second *hier:* Sekunde

„Hi!", sagte das blonde Zusammenstoßopfer und „Hi!" sagte auch der dunkelhaarige, glutäugige Typ. Wir beide sagten ebenfalls „Hi!", und weil wir es gleichzeitig sagten, hatten wir sofort wieder einen Grund, zu kichern und uns gleichzeitig total dämlich vorzukommen. Ich zumindest, aber Nina sah auch ziemlich unsicher aus. Von ihrer großen Klappe war in diesem Moment nichts mehr zu spüren.
Bevor es noch peinlicher wurde, machte der Dunkelhaarige den Mund auf. „Nice to meet you. Wanna go for a coke?"
„Sure", sagte Nina, noch bevor ich richtig kapiert hatte, was der Typ von uns wollte.

„Sie wollen uns zu einer Cola einladen“, zischte Nina mir zu und ich wackelte komisch mit dem Kopf und stammelte: „Yes, thank you!“

„Come on, girls, let's go in there“, sagte nun der Blonde und die beiden schickten sich an, zum Golfgelände zurückzugehen.

„Just a moment“, rief Nina. „We have to change our shoes first!“ Schließlich hatten wir ja noch unsere Inliner an, das hätte auf dem Golfplatz wohl ein wenig seltsam gewirkt.

„No problem!“, war die Antwort und diesmal hatte ich es trotz der nuscheligen Aussprache verstanden. Rasch hatten wir die Inliner ausgezogen und gegen unsere Turnschuhe im Rucksack vertauscht. Wir folgten den Jungs, die sich inzwischen als Chris und Marc vorgestellt hatten, auf den *golf court* und zur Terrasse des kleinen Klubhauses.

„Hi Mandy, can we have four cokes, please?“, bestellte Chris bei der Bedienung an der Theke.

season *hier:* Saison

„What are you doing in San Francisco?“, fragte mich Marc, der Dunkelhaarige.

„We're on holiday.“ Ich war froh, eine problemlose Antwort geben zu können.

„Oh, you mean you're on vacation!“ Marcs Gesicht hellte sich auf, nachdem er zunächst fragend die Augenbrauen zusammengezogen hatte. „Here in America we call the time around Christmas the holiday **season**. Where do you come from?“

„We're from Berlin, in Germany“, flöteten Nina und ich im Chor und mussten uns sehr beherrschen, nicht wieder in albernes Gekicher auszubrechen.

„You're not twins, are you?" Chris, das Zusammenstoßopfer, grinste.
„No one can look as different as Britt and me." Nina griente zurück. Sie hatte einen dunklen Wuschelkopf und beneidete mich heiß und innig um meine glatten blonden Haare, in die ich gerne wenigstens ein paar Wellen hineinhexen würde. Außerdem trug Nina eine witzige bunte Brille und war winzig klein. Ich überragte sie locker um einen Kopf. Nein, Zwillinge waren wir nur in Gedanken.
„We've never been to Frisco before." Ich bewunderte Nina dafür, wie cool sie die Abkürzung der Stadt aussprach.

sweetie Süße
junior Junioren-; Jugend-
pro Profi
to begin (began, begun) beginnen, anfangen (mit)

„Oh, **sweetie**, never, never say Frisco again! It hurts my ears! Only tourists say Frisco. We are in San Fran!" Marc raufte sich in gespielter Verzweiflung die Haare.
Bisher lief die Unterhaltung ja nicht so gut und so versuchte ich todesmutig, der Sache mehr Inhalt zu geben. Schließlich war ich ja auch hier, um besser Englisch zu lernen.
„You both play fantastic golf!" Ich hatte ja überhaupt keine Ahnung von Golf, aber es sah ganz gut aus, wie sie auf die Bälle einschlugen.
„My tees are quite good." Chris lächelte. „But I just play for fun. Marc's the good one; he's a **junior** golf **pro**. He **began** playing golf when he was only four years old."
„Wow! But what about the –" Mir fiel das Wort für Schläger nicht ein, also tat ich so, als hätte ich einen Golfschläger in der Hand, und fuchtelte wild in der Luft herum.

„Oh, you mean the golf club! I used a very short one, because I was very short, too." Marc lachte und deutete mit der Hand knapp über dem Boden an, wie winzig er damals war.
„Did you ever play golf in Germany?", fragte Chris.
„Oh, no, I'm completely **unsporty**!" Ich lachte, aber Nina hatte mehr zu bieten: „I always thought golf was for pensioners, or people with a lot of **time on their hands**. I'd rather play volleyball or ride my bike. Golf seems to me to be a very slow game."
Marc und Chris sahen sich an. „Okay, gals, let's have a golf lesson, and then we can talk again about **undemanding** sports."
„First of all, though, you have to take off your shorts." Marc zeigte auf unsere kurzen Hosen. Nina und ich sahen uns erschrocken an. Sollten wir für den Golfunterricht etwa vorab in Naturalien bezahlen müssen?
Chris bemerkte unsere entsetzten Blicke. „No, no, it's not what you're thinking!" Er fing an zu lachen und konnte erst nicht weitersprechen. „It's just the **dress code** for golfers." Und dann zählte er an seinen Fingern ab, was alles auf dem Golfplatz nicht erlaubt war: „No shorts. No blue jeans. No **sleeveless** shirts. No short shirts. Your polo shirts are spot on." Er deutete unsere fragenden Blicke richtig: „Spot on means exactly right. But you need different **pants**!" Und dann schleppten uns die beiden noch einmal zu Mandy. Sie überredeten das Mädchen hinter dem Tresen, uns pas-

unsporty unsportlich
time on their hands Freizeit
undemanding anspruchslos
dress code Kleidervorschrift
sleeveless ärmellos
pants *(AE)* Hose; *(BE)* Höschen

sende Hosen zu leihen. Und so gingen wir mit schwarzen Bermudashorts – denn die waren laut Golfer-Etikette lang genug – wieder aus dem Klubhaus.
„My head's **spinning**", sagte ich. „If it's that **complicated** just to **memorize** the things you can wear on the golf course, how will it go on?"
„Oh, it's quite easy now." Marc lächelte mich aufmunternd an.
Und Nina hatte mir überhaupt nicht richtig zugehört. Sie war voll auf dem Hormon-Trip.
„Die beiden sind ja sooo süß! Ich kann mich gar nicht entscheiden", wisperte sie mir ins Ohr, als wir gemeinsam zur Driving Range hinüber gingen, wo Marc und Chris uns endlich den Abschlag beibringen wollten. „Hast du gehört, wie Marc ‚sweetie' zu mir gesagt hat?"
„Du musst nicht flüstern, die verstehen uns doch eh nicht!" Ich fand die beiden ja auch ganz niedlich. Marc war ein dunkler Typ und Chris hätte mit seinen blonden Locken, den blauen Augen und der sonnengebräunten Haut eher einen Surfer als einen Golfer abgegeben. Beide sahen ohne Zweifel gut aus, aber ich hatte meine Hormone voll im Griff: Mich interessierte einzig und allein Nick Stevenson und an ihn reichte niemand heran. Wenn ich nur an ihn dachte, wurde mir schon ganz schwummerig. Hoffentlich, hoffentlich würde ich ihn hier überhaupt finden! Andererseits sind wir ja auch Chris zweimal in die Arme gelaufen, da sollte es doch möglich sein, Nick wenigstens einmal zu treffen!, dachte ich voller Hoffnung.

to spin (span, spun) drehen
complicated kompliziert
to memorize sich einprägen

„Wer hat hier was von ‚Golf ist lahmarschig' gesagt?", rief ich Nina rund eine Stunde später zu, als wir auf der Driving Range nach Anleitung auf unsere Bälle einschlugen. Ich schwöre, ich habe nicht mal beim Inlinern so viel geschwitzt wie auf dieser Golf-Übungsanlage! Von wegen nicht anstrengend, und nur mal ein bisschen auf den Ball hauen! Ich würde mich am nächsten Tag überhaupt nicht mehr rühren können und an den Rückweg zum Hotel durfte ich gar nicht denken.

„I could practise for a week before I even hit the ball!", jammerte ich. Der Rasen an meinem Abschlagplatz sah aus, als hätte ein Hund versucht, einen Knochen auszugraben.

born geboren
master Meister
shape Form

„Don't worry", sagte Chris ein ums andere Mal. „No one's **born** a **master**" – was wohl so viel heißen sollte wie: Es ist noch kein Meister vom Himmel gefallen. Trotzdem reichte es mir inzwischen!

„Wieso können wir nicht normale Jungs kennenlernen, die bloß mit uns quatschen wollen?", beklagte ich mich bei Nina in einer Trinkpause.

Aber die hatte überhaupt kein Verständnis für meine Wehwehchen. „Because we wouldn't have so much fun!", sagte sie nur, und zu den Jungs gewandt: „She's in bad **shape**!"

Na danke! Ich würde heute Abend mal ein ernstes Wörtchen über Loyalität und Freundschaft mit ihr reden müssen.

Allein beim Heben des Schlägers machte ich mindestens tausend Sachen falsch und mir ging langsam die

Konzentration aus. Ich hörte, wie Marc Nina am Abschlag nebenan lobte. Sie stellte sich offenbar nicht so dusselig an wie ich. Ich bewunderte Chris, der mich weiterhin tapfer anlächelte, denn ich an seiner Stelle hätte schon aufgegeben. Um ihn nicht völlig zu frustrieren, beschloss ich, einen letzten Ball zu schlagen und noch einmal alles zu geben.
Vor lauter Anspannung begann ich, englisch zu denken und betete die Anweisungen herunter, wie Chris es mir bestimmt hundertmal erklärt hatte: Full **concentration** on the ball. Turn your **hip** to the right and raise your arm. Relax, **swing** the club and hit the ball.

concentration Konzentration
hip Hüfte
to swing (swang, swung) schwingen

Als ich schlug, hatte ich ein richtig gutes Gefühl. Ich traf den Ball an der richtigen Stelle, aber ich hatte zu viel Schwung, drehte mich weiter, stolperte und – schlug Chris den Schläger direkt vors Schienbein! Hätte ich ein Diktiergerät dabeigehabt, hätte ich meinen Wortschatz um etliche amerikanische Flüche erweitern können, aber so schnell kam ich nicht mit. Wie gerne wäre ich jetzt in einem Golfloch verschwunden!

WIEDERGUT-MACHUNG

„I don't believe it!" Nina bekam fast keine Luft mehr vor Lachen und wälzte sich auf dem Bett des Hotelzimmers herum. „You should have seen your face!"

„I saw *his* face – that was quite enough, thank you. Now stop laughing. I can't laugh about making such an idiot of myself."

Chris hatte noch lange auf dem Rasen gesessen und sich das schmerzende Schienbein gerieben. Ich war wie ein aufgescheuchtes Huhn vor ihm auf und ab gerannt und hatte immer wieder „Sorry" gestammelt und „I didn't mean to do it!". Marc hatte derweil ein Coolpack und Salbe für Chris geholt, aber ich war in diesem Moment zu gar nichts zu gebrauchen, wie immer, wenn ich Mist gebaut hatte. Irgendwann hatte Chris mich am Arm festgehalten und versucht zu lächeln. „Hey, stop running around like a **lunatic**. I know you didn't do it **on purpose**."

lunatic Wahnsinnige(r)
on purpose absichtlich
to calm down sich beruhigen

„On what?"

„It means I know you didn't mean to do it. It was an accident. So stop worrying and **calm down**."

„Is there anything I can do for you?"

„How about meeting again tomorrow? We could show you around San Fran a bit, if you don't mind."

„You really want to meet me again? Are you a masochist?"

Da hatte er lachen müssen.
„No, but I got the **impression** that I have to **console** you, rather than you console me.“
Damit hatte er gar nicht so falsch gelegen und ich hatte zumindest wieder lächeln können. Aber mir war das Ganze trotzdem so peinlich, dass ich ihn lieber nicht wiedergesehen hätte. Außerdem würde mir somit ein weiterer Tag für die Suche nach Nick fehlen. Aber da ich Chris verletzt hatte, konnte ich ihm diesen Wunsch schlecht abschlagen. So hatte ich also zugesagt.
„We'll meet down at the Golden Gate Bridge at 3 pm Marc, Nina, you and me, okay? **Don't panic**.“ Er hatte mir ein strahlendes Lächeln geschenkt. Jungs konnten schon ziemlich verrückt sein.
„At least something good came of your **clumsiness**. We're going to meet them again tomorrow.“ Nina grinste zufrieden.
„Ja, super. Do you think I can't see that you're crazy about Marc? You should have just asked him to meet you again, then there would have been no **need** for me to hurt poor Chris.“ Offenbar fiel Nina daraufhin die ganze Situation wieder ein und das Gegacker ging von vorne los. Manchmal konnte sie fast so nervig sein wie Sophie.
„If only I hadn't asked him if there was anything I could do for him! I felt sorry for him, but it didn't **occur to** me that he wanted to see me again.“
„Don't make a face about it. Chris is really sweet!“
„But he has too many **freckles**. Ich bin nicht interessiert.“

impression Eindruck
to console trösten
Don't panic. Keine Panik.
clumsiness Unbeholfenheit
need Bedarf
to occur to einfallen
freckle Sommersprosse

„Nun red mal nicht so geschwollen! Üch bün nücht ünteressiert! Miss Solvenstein's got her head in the clouds – she can't see the nice guys down on Earth. As if there was no one else in the world **besides** your Nicky-Superstar! Perhaps we won't even see him here … and what will you do then?"

„If we hang around with Chris und Marc all the time you might be right."

„Come on, give them a chance. Until you find Nick, you can have lots of fun with Chris!"

„You are **absolutely** crazy." Und ich hatte geglaubt, Nina wäre meine beste Freundin. Meine Seelenverwandte. Pah!

besides außer(dem)
absolutely vollkommen
unbelievable unglaublich
to smash (zer)schlagen, (zer)schmettern
shin Schienbein
keeps stabbing me in the back fällt mir ständig in den Rücken

An dem Abend redete ich nicht mehr viel mit ihr. Stattdessen schrieb ich noch ein wenig in meinem Notizbuch. Ronan hatte mich zwar ermahnt, eher die relevanten Dinge zu notieren, aber trotzdem war die Kladde mittlerweile komplett zu einem privaten Tagebuch mutiert:

It's **unbelievable**, but today we met Chris, the boy Nina bumped into on Pier 39. Now she seems to be in love with his friend, and I did the most embarrassing thing of my whole life. I **smashed** a golf club against Chris's **shin**. Right at that moment I wished I had never been born at all. But he wants to meet me again. I'll never find Nick if it goes on like this. And Nina **keeps stabbing me in the back**. I thought she was my best friend, but laughing at me isn't something I'd expect my best friend to do. Worst of all, she told Amber about my love for Nick. But it's **none of her business**! It was my secret. Oh, Nick, please **put me out of my misery**!

Am nächsten Nachmittag auf dem Weg zur Golden Gate Bridge hielt ich ständig nach Nick Ausschau. Auch ein Schauspieler musste doch mal auf die Straße gehen, oder blieben die tatsächlich zu Hause und schickten ihre Angestellten los, um alles zu besorgen? Ich stellte mir diese Variante ziemlich öde vor und verwarf sie daher als unrealistisch. So schaute ich weiter alle Leute an, aber Nick war nicht darunter.
Wir sahen Chris und Marc schon von Weitem. Als sie uns entdeckten, kamen sie auf uns zu. Ich sah, dass Chris ziemlich humpelte. Sofort kam das schlechte Gewissen wie eine heiße Welle in mir hoch.
Aber als Chris mich anstrahlte, dachte ich, so schlimm könne es dann doch nicht mehr sein.
„Do you know *Vertigo*?", fragte Marc, nachdem wir uns begrüßt hatten.
„What?" Die Frage war wenig intelligent, aber ich hatte wirklich nicht verstanden, was er meinte.
„Alfred Hitchcock made a movie about a man with **vertigo**."
Damit konnte ich auch noch nichts anfangen.
„Someone with vertigo means someone who's afraid of **heights**. They get **dizzy** and frightened just standing on a bridge or on top of a high building."

none of her business geht sie nichts an
put me out of my misery erlöse mich von meinem Leiden
vertigo Höhenangst; Schwindelgefühl
height Höhe
dizzy schwindelig

Nun hatte ich das auch kapiert. Es ging um Höhenangst.
Ich fühlte mich selbst auch nicht gerade wohl, wenn ich hoch oben in einem Haus beispielsweise einen Balkon betreten musste. Ich hatte das im Jahr zuvor bei Patty zu Hause bemerkt. Sie wohnt im vierten Stockwerk eines Altbaus. Wir feierten ihren Geburtstag und irgendwann tummelten sich die Partygäste auf dem Balkon. Dieser Balkon hatte ein hübsches schmiedeeisernes Geländer. Leider kann man da eben durchgucken und mir wurde auf der Stelle so schwindelig, dass ich mich rasch an die Hauswand drückte und mich, so schnell es ging, wieder in der Wohnung verkrümelte.

to shoot (shot, shot) schießen; *hier:* filmen

starring Kim Novak mit Kim Novak in der Hauptrolle

„The movie was **shot** in San Francisco, **starring Kim Novak**. In one scene she jumped into the Bay from the end of the Golden Gate Bridge." Er deutete zur Brücke hinüber.
„Oh yes, I remember!" Man sah viel von San Francisco in dem Film und an die Szene, als Kim Novak sich an der Golden Gate Bridge ins Wasser stürzte, konnte ich mich gut erinnern.
„Look over there!" Wir waren ein paar Schritte gegangen und standen genau da, wo die Kamera platziert gewesen sein musste.
„Let's have a closer look!" Nina wollte sich genau ansehen, wie tief es dort ins Wasser ging. Ich hielt natürlich gebührenden Abstand.
„What's the matter?" Nina klang irritiert. „Du kannst ruhig näher kommen, Britt, da ist keine Gefahr!" Offen-

bar hatte Hitchcock die Leute mächtig auf den Arm genommen, denn wenn man näher an den Ort des Geschehens ging, verlief das Ufer sanft bergab und dort, wo die arme Kim ins Wasser ging, lagen bloß ein paar Steine. Offenbar war sie gesprungen und hatte sich geduckt. Ein simpler Filmtrick, für den man weder Bluebox noch Computerbearbeitung benötigt hatte.

„How about taking a walk?“ Marc deutete in Richtung Pazifik.

Nina war es recht und ich fügte mich in mein Schicksal.

Der Wind trieb graue Wolken über den Pazifik und ich musste wieder an meinen Tagtraum von Nick denken, in dem wir beide Hand in Hand am Strand entlangliefen. Würde der Traum je Wirklichkeit werden? Ich hoffte es so sehr, dass es wehtat. Fürs Erste sah es jedoch nicht danach aus, denn wir liefen und liefen und liefen und begegneten kaum einer Menschenseele.

„Let's have a look at the seal rocks. I guess you've never seen anything like this before.“ Chris deutete auf das Meer, aber ich sah nur einige Felsen im Wasser.

„**We gotta** get closer“, sagte Marc, der meinen skeptischen Blick bemerkt hatte.

Und tatsächlich, es war fantastisch. Waren wir schon von den Robben auf der Plattform am Pier 39 begeistert gewesen, so war die Masse an Seehunden, die sich auf diesem Felsen im Pazifischen Ozean tummelte, wirklich sehr beeindruckend. Ich kannte diese Tierchen eben bislang nur aus dem Zoo.

„Isn't that **amazing**?“ Nina war offenbar auch hin und

we gotta (we've got to) *(AE)*
wir müssen

amazing
erstaunlich

weg. „Please **pinch** me. We really are standing on the **shore** of the **Pacific**, watching the wildlife!"
Jetzt fehlt nur noch Nick, um dieses Glück mit mir zu teilen, dachte ich, und als ob Nina Gedanken lesen könne, fing ich mir einen komischen Seitenblick von ihr ein.
„It's **pretty impressive**, isn't it?" Chris rückte nah an mich heran und ich hätte schwören können, dass er erst im letzten Moment seinen Arm herunternahm, den er offenbar um mich hatte legen wollen. Hatte Nina am Ende doch recht und Chris hatte sich in mich verguckt? In einen Trampel, der fast sein Schienbein zertrümmert hatte?
„Look at these **turtledoves**." Marc stieß Nina mit dem Ellenbogen an, lachte und sah zu uns herüber. Dabei war ich vom Turteln weiter entfernt als eine Kuh von einer Skischanze. Der Einzige, mit dem ich turteln würde, versteckte sich irgendwo in dieser Stadt, an deren Rand wir standen und aufs offene Meer starrten. Mit anderen Worten: irgendwo weit entfernt hinter mir.
Vorsichtshalber rückte ich ein Stück von Chris weg.
„I think we should go back. It took a long time to get here."
Ich hatte jetzt keine Lust mehr auf Robben und dumme Anspielungen.
„Oh, we don't need to go all the way back. It's an easy walk to Geary Boulevard from where we are."
„Geary? There's a Geary Street near Union Square."
Nina hatte recht. Das war mir auch aufgefallen.

to pinch zwicken
shore Strand; Küste
Pacific Pazifik
pretty ziemlich
impressive beeindruckend
turtledove Turteltaube

„Exactly. Geary Boulevard changes into Geary Street. It's **straight ahead**."

Als wir uns auf den Weg zum Bus machten, konnte ich meinen Unmut nicht mehr zurückhalten: „Ich glaub ja nicht, dass Nick Zeit hat, einfach so spazieren zu gehen. Auf die Art werde ich ihn nie finden!", murrte ich Nina an.

Nina blieb stehen und stemmte die Arme in die Hüften. „Du glaubst gar nicht, wie sehr es mir auf den Geist geht, dass du den ganzen Tag nichts anders als diesen Nick Stevenson im Kopf hast. Nicky hinten, Nicky vorne! Ich hab gesagt, wir finden ihn, aber kannst du bitte nicht pausenlos von ihm reden!" Sie funkelte mich an.

Ich war wie vom Donner gerührt, denn so hatte ich meine Freundin noch nie erlebt. Außerdem fand ich, dass sie maßlos übertrieb. So oft sprach ich gar nicht von Nick. Ich hatte also vollkommen recht mit dem, was ich in meinem Tagebuch geschrieben hatte: Nina fiel mir pausenlos in den Rücken! Eine beste Freundin sollte so etwas nicht tun. Aber vielleicht ist das einfach zwangsläufig so. Sobald attraktive männliche Wesen im Spiel sind, ist es um unseren Verstand geschehen. Mit einem Mal verstand ich, warum Papa sich mit seinen Freunden in einem Klub traf, in dem nur Männer Mitglieder waren. Vermutlich führten die sich auch auf wie die Pfauen, sobald eine Frau in ihre Nähe kam. Es gab wohl doch mehr Geheimnisse in den Beziehungen zwischen Männern und Frauen, als ich mir jemals hätte träumen lassen.

straight ahead
geradeaus; direkt vor (uns)

Die beiden Jungs waren stehen geblieben und hatten aufmerksam gelauscht.

„What's that about Nick Stevenson?"
Offenbar hatte Nina Marcs Neugier geweckt.
„Oh, Britt's fallen in love with him. Nick's very popular in Germany, and since Britt saw him in a magazine she talks about him all day long. Now she's here in San Fran to **confess** her love to him."

to confess
beichten

Ich hätte Nina umbringen können! Vermutlich hatte mein Gesicht die Farbe eines reifen Radieschens angenommen und es wurde auch nicht besser, als Marc herzlich lachte. Chris allerdings sah gar nicht fröhlich aus.
„Do you really want to meet Nick Stevenson?" Er sah mich ernst an und eine steile Falte bildete sich auf seiner Stirn.
„Yes", stammelte ich. „Don't tell me you know where he lives!"
„No, but I know where he works", erwiderte Chris.
Das konnte ja nicht wahr sein! Da verschwendeten wir kostbare Zeit und Chris wusste, wo ich den Mann meiner Träume treffen konnte. Natürlich nur, wenn das, was er sagte, wirklich zutraf.
„How do you know that?", wollte ich wissen. So neugierig war ich noch nie auf etwas gewesen.
Chris grinste und mit einem Mal passten die Sommersprossen richtig gut zu seinem verschmitzten Gesicht.
„I got my secrets, babe."

VERSTECKSPIEL

Chris hatte mir versprochen, sich zu melden, sobald er einen Termin mit Nick ausgemacht hatte. Mir war nichts anderes übrig geblieben, als ihm zu vertrauen. Wieso sollte ich es auch anzweifeln, wenn er mir das versprochen hatte? Aber meine Geduld wurde auf eine harte Probe gestellt, denn es waren bereits zwei Tage seit unserem letzten Treffen vergangen. Ich hatte Nina inzwischen verziehen. Um ehrlich zu sein, hatte ich kaum eine andere Wahl gehabt. Ich war mit ihrer Familie hier, teilte ein riesiges Doppelbett mit ihr und hatte es letztlich ihr zu verdanken, dass ich überhaupt in dieser Stadt war. Klar, dass sie nicht ihren ganzen Aufenthalt in San Francisco damit verbringen wollte, nach meiner großen Liebe zu suchen.

to have a crush on sb in jdn verknallt sein

to get in touch with sb sich mit jdm in Verbindung setzen

to pick up *hier:* aufgabeln

to dodge the issue der Sache ausweichen

„Do you think Chris is playing games with me?"
„I don't know. Haven't you noticed that he's **got a crush on** you?"
„Hm, I'm not sure. If that's true, then Marc has just as big a crush on you. Haven't you noticed the way he looks at you?"
„Sure. And I really hope he is crazy for me. But he hasn't **got in touch** either."
„Maybe they've **picked up** some other girls."
„You're **dodging the issue**. I'm sure Chris can't sleep

because of you. And he's been trying to **work out** what to do. On the one hand, he wants to do you a **favor** and introduce you to Nick. On the other hand, he **sure as hell** doesn't want you to meet Nick, because he wants you for himself."

„You have a very **lively** imagination, dear Ninotschka. You should be writing **soaps**." Ich musste wirklich lachen über den Unsinn, den sie redete. Ich glaubte ja eher, dass der liebe Chris den Mund ein wenig zu voll genommen hatte und nun nicht mehr wusste, wie er aus der Nummer wieder herauskommen sollte.

„Are you ready, girls?" Ninas Vater klopfte an unsere Zimmertür. Ich freute mich schon auf den Coffeeshop, weil ich jetzt meist **French Toast** mit Ahornsirup aß. Das machte echt gute Laune. Und die würde ich brauchen, weil ich heute wieder nicht nach Nick suchen konnte. Ronan wollte mit uns hinüber nach Berkeley fahren, an die University of California, kurz UCB genannt.

Die Fahrt über die Oakland Bay Bridge war ziemlich cool. So lange, bis Ronan anfing, den Reiseführer zu geben.

„In October 1989 there was an **earthquake** here in the Bay Area. The Oakland Bay Bridge was destroyed, and there was a lot of **damage** in the whole Bay area. A **colleague** of mine was staying in San Francisco with his family at the time. He'd always wanted to **witness** an earthquake. When it really

to work out feststellen; ausarbeiten
favor (*BE* favour) Gefallen
sure as hell todsicher
lively lebendig
soap (opera) Seifenoper
French Toast Arme Ritter *(Süßspeise)*
earthquake Erdbeben
damage Schaden
colleague Kollege, Kollegin
to witness Zeuge sein von

happened, he was over in Berkeley and his family was in San Fran. The whole **telecommunications system broke down**, so he couldn't call them. They were lucky; nothing serious happened to the hotel they were staying in, but I guess it was pretty exciting."

telecommunications system
Telefonnetz
to break (broke, broken) down
zusammenbrechen

Na Mahlzeit. Auf Erdbeben konnte ich wirklich verzichten, aber mir fiel jetzt wieder ein, dass wir in Erdkunde mal gelernt hatten, dass San Francisco nahe an der Andreas-Spalte lag und es dort sehr häufig Bewegungen der Erdplatten gab. Vielleicht sollte ich mir doch mal besser merken, was die Pauker einem so zu erklären versuchten. Plötzlich fand ich die Fahrt über die Brücke gar nicht mehr so cool. Aber irgendwann war auch das überstanden. Es dauerte nicht lange, bis wir auf den Campus der UCB fuhren. Zunächst mussten wir uns beim Pförtner melden, damit wir überhaupt auf das Gelände gelassen wurden. Wir parkten und Ronan führte uns in ein Gebäude, in dem das Büro seines Kollegen Peter Winston war. Er und Ronan arbeiteten gemeinsam an diesem Stadtentwicklungsprojekt, dessentwegen Ninas Vater überhaupt hierhergekommen war.
Professor Winston stellte sich uns allen sehr lässig als „Peter" vor und führte uns in einen Raum, der fast vollkommen von einem riesigen Holzmodell ausgefüllt wurde. Es handelte sich um eine maßstabsgerechte Nachbildung von San Francisco, nur dass dort mehr Wolkenkratzer zu sehen waren als in Wirklichkeit. Peter hob eines der *skyscraper*-Modelle hoch, das in der Nähe der Nachbildung der Trans-America-Pyramid gestanden hatte.

„This one hasn't been **built** yet", erklärte er. „I suppose they won't allow it to be that high because of the sunshine **ordinance**." Als er unsere ratlosen Gesichter sah, schaltete er einen Scheinwerfer an und die Deckenbeleuchtung aus. „Imagine this is the sun." Peter deutete auf den Scheinwerfer. „Now look at the **shadows** in the streets." Er bewegte den Scheinwerfer auf einer Schiene entlang, was offenbar den Tageslauf der Sonne simulieren sollte. Man konnte erkennen, dass manche der Modellstraßen fast den gesamten Tag über im Schatten lagen. Damit das beim Bau von neuen Hochhäusern nicht wieder passierte, gab es nun die „Sonnenschein-Verordnung". Straßen und Plätze sollten mehrere Stunden pro Tag in der Sonne liegen. Also musste man schon bei der Planung auf genügend große Freiflächen achten. Peter war mit seinen Erklärungen gar nicht mehr zu bremsen, aber Nina und ich sahen uns nur an. Mit solch öden Dingen beschäftigten sich Stadtplaner also den ganzen Tag?

„Why don't you stop building skyscrapers? Wouldn't that be much easier?"

„My, you're a **smartypants**, aren't you!" Peter lachte. „Maybe you should tell the **city council**. But I'm afraid it'd cost me my job."

„Für mich ist das alles nichts. Da werde ich doch lieber Comiczeichnerin", flüsterte ich Nina zu. Aber Ronan hatte es trotzdem gehört. „This young lady seems to be of the opinion that **urban planning** is boring", sagte er lächelnd zu Peter und ich spürte, wie ich rot wurde.

to build (built, built) erbauen
ordinance Verordnung
shadow Schatten
smartypants Besserwisser(in)
city council Stadtrat
urban planning Städteplanung

„Oh, there are a lot of other aspects to our job. If you want to plan part of a city, you have to deal with all kinds of different things. You have to look at the social **structure** of a neighborhood, the population **development**, the **mixture** of living and working space, the **condition** of the **existing** buildings. And there are many more elements you shouldn't **ignore**."

structure Struktur
development Entwicklung
mixture Mischung
condition Zustand
existing vorhanden
to ignore ignorieren
campus Universitätsgelände

Ich war mir sicher, dass Peter seinen Job liebte, aber mich konnte er damit nicht hinter dem Ofen hervorlocken. Ich wollte lieber etwas Außergewöhnliches machen. Ein Seitenblick auf Nina zeigte mir, dass sie offenbar ebenso dachte.

Zum Glück hatte Marianne ein Einsehen oder vielleicht fand sie es selbst langweilig. „I think we should take a walk around **campus** and enjoy the sun." Dabei schaute sie Nina und mich aufmunternd an. Dankbar nickten wir und ließen die beiden Männer mit ihrer Fachsimpelei alleine zurück.

Als wir bei schönstem Sonnenschein über das Universitätsgelände schlenderten, waren wir ziemlich fasziniert von den riesigen Hibiskusbüschen, die überall wuchsen. Meine Mutter hatte mal einen Hibiskus geschenkt bekommen, aber im Herbst war er eingegangen. Größer als dreißig Zentimeter war er auch nicht geworden. Aber hier wuchs das Zeug in mannshohen Hecken, über und über mit großen, roten Blüten bestückt.

Plötzlich stieß mir Nina in die Rippen und zeigte auf

eine besonders schöne Blüte. „Look at that! A **hummingbird**!"
Ich kannte Kolibris nur aus dem Biobuch, aber sie hatte recht: Der winzige Vogel musste einfach ein Kolibri sein! Wie er da so in der Luft zu stehen schien und mit seinem langen, dünnen Schnabel in der Hibiskusblüte steckte, erinnerte mich das an einen Dokumentarfilm. Allerdings war es kein Tierfilm, sondern es ging darum, wie ein Passagierflugzeug in der Luft betankt wurde. Der Kolibri sah aus wie das kleine Tankflugzeug.
Das muss ich Chris erzählen, dachte ich und lächelte. Dann fiel mir auf, dass ich den falschen Namen gedacht hatte. Aber sosehr ich mir Nick vorstellte, immer wieder schoben sich Chris' blaue Augen dazwischen.

hummingbird
Kolibri

Als wir vom vielen Laufen müde wurden, setzten wir uns auf eine Bank in die Sonne. Ich schloss die Augen und sah kleine tanzende Punkte, weil es so hell war. Je länger ich die Punkte betrachtete, desto schläfriger wurde ich und irgendwann zuckte ich zusammen, weil ich fast von der Bank gerutscht wäre. Aber da kam Ronan endlich zurück und erlöste uns. Abends stellte ich dann fest, dass ich einen leichten Sonnenbrand auf den Wangenknochen spazieren trug. Wir mussten also ziemlich lange dort gesessen haben.
Nach dem Abendessen kramte ich mein Tagebuch wieder hervor. Das war schon zu einer Art Ritual geworden.

We spent a very nice day in Berkeley. Of course I didn't get a chance to look for Nick, but we saw a little hummingbird on campus, and that was very cute. Later we bought a UCB-sweatshirt. I bought a black one, because Nina says it makes my eyes look brighter. During the day I noticed that I started thinking about Chris. What's that supposed to mean? I love Nick, and nothing in the world will change that!

WIE EIN FISCH an der Angel

„Still not a single word." Ich starrte auf das Display meines *cellphones*, wie die Handys hier hießen, als könnte ich es dadurch dazu bewegen, eine SMS hervorzuzaubern. Mich packte die Wut. „I'm **depending on** that guy instead of making my own **inquiries** about Nick. I'm sure he's playing games with me. It can't take such a long time!"

Ich hatte die halbe Nacht nicht geschlafen. Dass Chris sich nicht meldete, machte mich schier wahnsinnig. Natürlich nur, weil ich endlich wissen wollte, wo ich Nick finden konnte, nicht dass hier Missverständnisse aufkamen. Obwohl mich meine widerstreitenden Gefühle zunehmend verwirrten, wie ich zugeben musste.

„Why don't you just give him a call?", wollte Nina wissen. „He's given you his phone number, hasn't he?"

„I don't want him to get the wrong impression." In Wirklichkeit hatte ich schon mehr als einmal auf seinen Telefonbucheintrag geklickt und war kurz davor gewesen, ihn anzurufen. Aber ich hätte nicht gewusst, was ich sagen sollte. Ich wollte ihn nicht einfach nur fragen: „What about Nick? Did you **arrange** a date for me?" Das würde ihn sicher kränken. Obwohl mir das ja eigentlich vollkommen egal sein konnte.

to depend on sth
sich auf etwas verlassen; von etwas abhängig sein

inquiry
Erkundigung

to arrange
arrangieren

„Come on, let's **stroll** around the city and look for Nick. We can try to find out where the film studios are." Nina war eben doch eine echte Freundin.
„And we can buy some postcards. Didn't we want to write to Patty? I'm sure she's waiting desperately to hear from us."

to stroll schlendern; spazieren

„Good idea!"
Ich ging noch einmal ins Badezimmer und legte meine Ich-treffe-Nick-Schminke auf und zog mir das neue UCB-Sweat an. Schließlich wollte ich ihm so vorteilhaft wie möglich gegenübertreten, falls wir ihn tatsächlich fanden. Voller Tatendrang packten wir unsere Sachen zusammen und gaben Ninas Eltern Bescheid, dass wir ein bisschen durch die Stadt wandern würden. Natürlich entließ uns Ninas Mutter nicht ohne die üblichen Ermahnungen, dass wir auf uns aufpassen sollten. Als wir das überstanden hatten, fuhren wir hinunter in die Lobby.
Als ich hinter Nina aus dem Fahrstuhl trat, prallte ich gegen sie, weil sie so abrupt stehen geblieben war.
„Da schau her!" Sie deutete auf die Sessel, die in der Eingangshalle standen. Da saßen doch tatsächlich Marc und Chris! Ich merkte, dass ich mich wirklich freute.
„Hi, gals! We thought you'd never come out of your hotel room!" Marc grinste, nahm Nina in den Arm und drückte ihr doch tatsächlich einen Kuss auf die Wange!
„Nur ein freundschaftliches Begrüßungsküsschen!", raunte Nina mir zu. „Also schau nicht so entsetzt!"
Ehe ich mich versah, hatte Chris mich allerdings auch auf die Wange geküsst. „You're looking great", sagte

er dabei ganz leise in mein Ohr, als wäre es etwas, was niemand hören durfte.
Ich freute mich aufrichtig über das Kompliment, hatte allerdings Angst, dass ich mich wieder in ein Radieschen verwandeln könnte, ließ mir die Haare ins Gesicht fallen und drehte mich ein Stück zur Seite. Was taten eigentlich Mädchen mit Kurzhaarfrisuren in solch einer Situation?
„Would you like to go for a little boat trip on Stow Lake? It's in Golden Gate Park."
Nina und ich sahen uns an. Richtig, als wir dort neulich skaten waren, hatten wir von Weitem ein kleines Bootshaus gesehen, waren aber daran vorbeigefahren. Da wir bei dieser Gelegenheit vermutlich erfahren würden, wo Nick steckte, mussten wir nicht mehr alleine zu den Filmstudios finden. Wir nickten gleichzeitig.

birth Geburt

„You really should ask your parents whether there's some little secret they haven't told you about your **birth**." Marc hätte sicher im Kreis gegrinst, wenn seine Ohren nicht im Weg gewesen wären.
Ich hatte das definitiv nicht kapiert und das sahen die Jungs mir offensichtlich an.
„Twins!", riefen beide gleichzeitig und kamen sich anscheinend oberlustig dabei vor. Dabei waren die zwei doch deutlich älter als wir. Fast war ich in Versuchung, zu sagen, dass wir es uns anders überlegt hätten, als Chris zu einem Auto lief, das mir schier die Sprache verschlug.
„Ladies first", sagte Marc und verbeugte sich wie ein Chauffeur, als er uns die Autotür aufhielt.

Ich sah Nina fragend an. Sollten wir wirklich?
Sie schob mich energisch zur Tür hinein. „Oh my God! It's a Hummer", sagte sie.
„Ja, das ist wirklich ein Hammer. Hoffentlich haben deine Eltern grad nicht aus dem Fenster geschaut."
„Mensch, ich meine doch das Auto hier. Ein Hummer, schreibt sich H-U-M-M-E-R. – Where did you get this car?", wandte sich Nina an die Jungs und konnte nicht verheimlichen, wie beeindruckt sie von diesem monströsen Wagen war.
Marc wollte antworten, aber Chris kam ihm zuvor. „It belongs to Marc's father. He's a very rich guy – he has lots of cars."
Marc klappte den Mund auf und wieder zu, nachdem Chris ihm einen eindringlichen Seitenblick zugeworfen hatte. Irgendetwas konnte da doch nicht stimmen!
Aber wir saßen bereits im Auto, also war es für Bedenken zu spät. Das bläuliche Licht überall im Wageninnern war auch sehr beeindruckend und es gab sogar eine kleine Bar. Bevor wir fertig gestaunt hatten, waren wir auch schon am Ziel angekommen.
Das letzte Stück liefen wir zu Fuß zum Bootshaus und es handelte sich tatsächlich um jenes, das wir bei unserem ersten Ausflug in den Golden Gate Park von Weitem gesehen hatten.
Chris stieg zuerst ins Boot und streckte mir die Hand entgegen. „Take my hand!", sagte er und zögernd gehorchte ich. Das Boot schwankte wie verrückt unter meinen Füßen, das Wasser platschte und gluckste gegen den Bootsrumpf und ich stolperte, aber Chris fing mich auf. Er duftete nach Davidoff-„Cool Water".

Ich hatte mich mal in einer Parfümerie durch zig Männerparfums geschnuppert, als ich ein Geschenk für meinen Vater gesucht hatte. Das Zeug hatte mir gut gefallen, aber für Papa wäre es nichts gewesen. Umso besser passte es zu Chris. Ich merkte gar nicht, dass ich länger an ihn gelehnt stand, als eigentlich nötig gewesen wäre. Aber Marc holte mich auf den schwankenden Boden der Tatsachen zurück.

„Will you two stop **flirting** for a minute?", fragte er lachend. „You'd better sit down now so we can get into the boat as well."

Ich hatte in letzter Zeit offenbar das Radieschenrot gepachtet und so ließ ich Chris endlich los und setzte mich auf die mir zugedachte Holzplanke. Ich drehte mich so, dass ich ihn nicht ansehen musste.

Nachdem Nina sich neben mich gesetzt hatte, stieß Marc das Boot vom Ufer ab und sprang hinein. Marc, Chris und Nina wechselten sich mit dem Rudern ab, aber ich hatte keine Lust, mich zum Trottel zu machen, weil ich schon von früheren Ruderpartien wusste, dass ich eher im Kreis als geradeaus fuhr.

„I'm still really **stiff** from playing golf", sagte ich, obwohl das nach der Zeit, die vergangen war, unmöglich noch sein konnte. Aber sie kauften es mir ab und ließen mich in Ruhe.

to flirt flirten
stiff steif

Eine Zeit lang hörte man nichts als das gleichmäßige Schlagen der Paddel und das Plätschern des Wassers, das von den Ruderblättern herunterlief, wenn sie aus dem See gehoben wurden.

„Look at that island." Marc deutete auf den grünen

Hügel neben uns. „We're taking a trip round Strawberry Hill."
„Strawberry Hills forever", trällerte Nina.
„Strawberry *Fields*, Nina. The Beatles would **tear** their hair out if they could hear you!" Dabei meinte ich nicht nur den falschen Titel des Liedes, sondern auch den Gesang meiner Freundin. Die schöne Stille war dahin. Nina hatte viele Talente, aber Singen gehörte eindeutig nicht dazu.
Das schien auch Chris zu bemerken.
„Do you like singing, too?", fragte er mich und so blieb mir nichts anderes übrig, als mich zu ihm umzudrehen.
„Oh, I'm always singing when I'm alone", musste ich zugeben. Ich kann schon nicht mehr zählen, wie oft ich beispielsweise den *Lovesong* von The Cure mitgeträllert habe. Ich hoffte nur, Chris würde jetzt nicht auf einer Kostprobe bestehen. Daher fügte ich schnell noch hinzu: „But my favorite hobby is drawing mangas."

to tear (tore, torn) out ausreißen

„Oh, really? I'd love to see some!"
Ich hatte meinen Notizblock mal wieder im Hotel vergessen, so konnte ich ihm die Manga-Stewardess nicht zeigen. Aber das war vermutlich auch besser so, denn dann bestand auch keine Gefahr, dass er meine Notizen über Nick finden könnte. Das wäre mir dann doch zu peinlich gewesen.
Chris kramte in dem kleinen Rucksack, den er im Boot unter dem Sitzbrett verstaut hatte. Er förderte einige Werbezettel zutage sowie einen Kuli. Die Flyer waren nur einseitig bedruckt und so konnte ich ihm letztlich

doch zeigen, wie ich zeichnete, obwohl die Umstände nicht optimal waren. Die Blätter balancierte ich auf den Knien und ein Kuli war nicht gerade der ideale Zeichenstift. Trotz allem schaffte ich es, ein Mädchen auf Inlineskates zu zeichnen. Ihre Haare wehten im Wind wie die von Amber neulich und ihre Kulleraugen strahlten. Ein bisschen sah sie aus, als würde sie über das Blatt hinausfahren, wenn man sie nicht aufhielt. Ich war zufrieden und reichte Chris meine Zeichnung.

to sign
unterschreiben; signieren

„You're very talented. May I keep it?"
„Sure." Ich nickte eifrig. Ich freute mich durchaus, dass es plötzlich so ein Interesse an meinen Mangas gab. Vielleicht konnte ich ja irgendwann doch einmal mein Talent zu Geld machen. Das wäre mir jedenfalls tausendmal lieber, als eine vertrocknete Juristin zu werden.
„Please will you **sign** it for me?", bat Chris mich noch. Gute Güte, ich sollte die unter so seltsamen Umständen entstandene Zeichnung auch noch signieren! Ich war doch gar nicht berühmt. Aber Chris bestand darauf, also ließ ich ihm seinen Willen und kritzelte unbeholfen „Britt Solvenstein" unter die beschwingte Inlineskaterin. Insgeheim war ich schon ziemlich stolz. Wer weiß, vielleicht würde dieses Papierchen ja irgendwann einmal viel wert sein. Eines Tages, wenn Britt Solvenstein ein Stern am Mangahimmel wäre, würde diese Originalzeichnung bei Sotheby's für mindestens einhunderttausend Euro versteigert werden ...
Plötzlich fiel mir wieder ein, was ich eigentlich von Chris wollte, und so unterbrach ich meine spinnerten Tagträume wieder.

Es war wirklich schön auf dem See, vor allem, weil die Sonne so warm schien. Aber wieso spannte Chris mich so auf die Folter? Ich hielt es nicht mehr aus und nahm meinen ganzen Mut zusammen: „Erm, Chris, why don't you tell me about the date with Nick?"
Er sah mich an, als wüsste er nicht, wovon ich sprach. „Nicholas Stevenson. You wanted to ask him if he would meet me."
„Oh, I haven't seen him yet, so I haven't had a chance to ask him about it."
Im Augenwinkel sah ich den entsetzten Blick von Nina. Sie hatte es also auch gehört und somit war kein Irrtum möglich: Chris hatte Nick einfach nicht gefragt! Vermutlich hatte er es nicht einmal vorgehabt. Oder schlimmer: Er hatte einfach keine Connections. Ebenso wenig wie ich. In diesem Moment fühlte ich mich betrogen, ausgenutzt und todtraurig. Zu meinem Entsetzen stiegen mir Tränen in die Augen und meine Mundwinkel zogen sich bedenklich nach unten, ohne dass ich etwas dagegen tun konnte. Ich musste mich abwenden, bis der Anfall vorüber war. Aber Chris hatte es natürlich trotzdem bemerkt und sah mich ganz besorgt an. „You okay? Please don't be upset. It's not that easy to get in touch with him. Not even for me. You've gotta **be patient**. You will get your date, I promise. And I usually keep my promises." Mit dem Zeigefinger wischte er mir eine Träne von der Wange, die sich peinlicherweise irgendwie durchgemogelt haben musste. Dabei sah er mich so treuherzig an, dass ich ihm gar nicht böse sein konnte. Auch wenn ich mir immer noch

to be patient
Geduld haben

nicht sicher war, ob er nicht flunkerte. Auf jeden Fall war ich wahnsinnig enttäuscht.
Hinter mir fing Nina an zu kichern. Ich war echt sauer, weil ich es nicht mochte, dass sie mir in den Rücken fiel. Als ich mich zu ihr umdrehte, sah ich, wie Marc Grimassen schnitt. Er machte übertriebene Kussmünder und tat so, als hielte er jemanden im Arm. Dabei deutete er zu Chris und mir hinüber. Da Nina grundsätzlich alles toll zu finden schien, was Marc sagte oder tat, schüttete sie sich darüber vor Lachen aus. Das schien Marc nur noch mehr anzuspornen. Mit einem Mal zappelte er so sehr, dass das Boot bedenklich schwankte.
„Stop it!“, kreischte ich, aber es war bereits zu spät. Das Nächste, was ich mitbekam, war das Wasser, das über mir zusammenschwappte.

FRUST

„What are you doing here?“, fragte eine Stimme, die mir bekannt vorkam. Ich hatte gerade meine Socken ausgewrungen, als plötzlich Amber vor mir stand.
„Don't ask me!“, brummte ich sie an und warf einen vernichtenden Blick in Richtung auf Marc und Chris, die sich prächtig darüber zu amüsieren schienen, dass wir gerade alle unfreiwillig baden gegangen waren. „Better tell me what *you're* doing here.“
„Oh, I lost my little bracelet last time we were at Golden Gate Park. I got it from my aunt, and she'd be sad to hear I lost it. So I spent the whole day looking for it, but it's useless. The park is too big.“ Dann sah sie mich wieder an. „Do you need any help?“ Amber schmolz beinahe dahin vor Mitleid.
„Thanks, but no thanks. I'm okay. These idiots have to take us back to the hotel.“ Dabei deutete ich mit dem Kopf zu Chris und Marc hinüber.
„Yes, they have a **gorgeous** car!“, sagte Nina ganz begeistert zu Amber, obwohl sie mindestens genauso nass war wie ich. Ich war mir sicher, das tat sie nur, um Marc zu beeindrucken. Die hatten doch alle einen an der Waffel!

gorgeous
prächtig; großartig

„When will we meet again? I guess today you're probably busy enough getting dry.“ Amber schaute besorgt drein. Und sie hatte recht: So klatschnass und missgelaunt war mit mir jetzt ohnehin nichts mehr anzufangen.
„I think we'd better call you, Amber. I'm too upset to think about it now. And I'm not sure about our pro-

gram for the next few days. Nina's parents want to take us to her father's family in Walnut Creek."
„That's okay. Oh, by the way: did you manage to **track down** Nicholas Stevenson?"
Nina sog scharf die Luft ein. „I think that was definitely the wrong question. Let's talk about it later." Sie warf Amber einen bedeutungsvollen Blick zu und wiegte dann den Kopf in meine Richtung.

to track down aufspüren
to drop a brick ins Fettnäpfchen treten

„Oh, I see. I **dropped a brick**."
„You got it", sagte Nina.
„Okay, then. I'd better keep my mouth shut and keep on skating. See you!" Sie winkte uns zum Abschied und skatete davon.
Nina streichelte über meinen Arm, aber ich schüttelte ihre Hand ab. Und auch die Jungs würdigte ich keines Blickes mehr.
„Ach, Britt. Nun krieg dich mal wieder ein. So schlimm ist das bisschen Wasser doch auch nicht." Sie gab sich alle Mühe, um mich zu besänftigen, aber ich wollte wütend sein. Auch darüber, dass mein Manga für Chris jetzt bestimmt versaut war. Wenn es nur das Kentern gewesen wäre, hätte ich darüber lachen können. Aber alle hatten sich über mich lustig gemacht, auch Nina.
Während der gesamten Rückfahrt schmollte ich vor mich hin und sagte kein Wort.
Ich war sauer auf Marc.
Ich war sauer auf Nina.
Ich war sauer auf die ganze Welt.
Und ich war obersauer auf Chris.

Im Hotelzimmer konnten wir endlich die nassen Klamotten ausziehen. Ich hätte heulen können, als ich mein neues Shirt wie einen ollen Lappen über der Badezimmerheizung hängen sah. Ich drängelte mich beim Duschen vor, wickelte mich in ein kuscheliges, großes Handtuch und legte mich mit meinem Reisetagebuch aufs Bett.

to cancel streichen; stornieren
is lying to me lügt mich an
to pretend vorgeben

Today was the worst day of my whole life. I should have stayed in bed this morning instead of spending it with Chris and Marc. Nina and I wanted to look for Nick on our own, but our plan was **cancelled** by these stupid guys. Chris **is lying to me**. He's **pretending** to arrange a meeting between Nick and me, but I don't believe a single word he says any more. I'm wet and upset and hurt, and I don't want to meet him again in my whole life! Tomorrow I'll look for Nick all by myself and no one will stop me!

So, nun ging es mir besser. Ich raunzte Nina auch nicht mehr an, als sie auf meine Seite des Bettes herüberrollte und mir einen Nasenstüber gab.
„Sorry, I didn't mean to hurt you, but Marc was so funny in the boat. I couldn't help laughing.“ Sie lugte zu meinem Tagebuch und ich klappte es mit einem Knall zu. Das ging sie nun wirklich nichts an. Und meinen Eltern konnte ich es eigentlich auch nicht mehr zeigen, aber sie würden auch so merken, dass ich ziemlich viel Englisch gelernt hatte.

„Oh, Nina, you've got a huge crush on Marc. Why don't you admit it!" Ich drehte mich zu ihr um und blickte ihr direkt ins Gesicht.

„I've never **denied** it, **unlike** you." Sie ließ sich auf den Rücken kullern und sah mich verschmitzt an.

„What should I have denied?"

„That you've fallen in love with Chris."

„You're **off your rocker**!" Das kam heftiger, als ich beabsichtigt hatte.

„Ha! You get so excited about it, it must be true! Maybe you haven't noticed it yourself."

Ich setzte mich auf. „He's a lying **so-and-so**. I'll never get in touch with him again."

„Maybe he isn't lying. Perhaps he told the truth and he just didn't get a chance to talk to Nick. Ever **considered** that **possibility**?"

Natürlich hatte ich darüber nachgedacht, dass Chris vielleicht sogar die Wahrheit sagte. Aber verdammt noch mal, wieso wollte denn hier niemand verstehen, dass ich einfach sauer sein *wollte*! Ich wusste nicht, was mit mir vorging; alles war so verteufelt unklar. Ich war verwirrt und ich musste das eben an irgendjemandem auslassen. Und so blieb ich bei meiner These, dass Chris sich lediglich etwas ausgedacht hatte.

„But maybe he's never seen Nick at all. I suppose he just wanted to **impress** me and he never thought I'd **hold him to his word**."

Nina fing an, eine meiner Haarsträhnen um ihren Zei-

to deny bestreiten
unlike im Gegensatz zu
off your rocker übergeschnappt
so-and-so Soundso
to consider berücksichtigen
possibility Möglichkeit
to impress beeindrucken
to hold sb to their word jdn beim Wort nehmen, sich auf jdn verlassen

gefinger zu wickeln. „I don't think he's a **liar**", sagte sie nachdenklich.

„Think about the car. Did you see him look at Marc when he wanted to tell us whose car it was? Rich daddy, pfff!" Ich tippte mir bedeutungsvoll an die Stirn. Das *konnte* doch gar nicht stimmen!

liar Lügner(in)
yeah ja
harmless harmlos
stolen gestohlen
separately getrennt

„**Yeah**, I've been wondering about that too. But it could be **harmless**. Or do you think it was a **stolen** car?"

„I'm not sure what to think at all. I've never been in a situation like this before. Wäre ich doch bloß nach Bad Salzuflen gefahren!"

Nina nahm mich in den Arm. „Hey, I'd be alone in San Francisco then and bored to death. It's really nice to have you here."

Ich lächelte. Nina hatte völlig recht, und ich war eine dumme Gans.

„Well", druckste Nina herum. „Marc asked if we'd meet them again tomorrow." Sie sah mich bittend an.

Ich schüttelte den Kopf. Das hatte mir gerade noch gefehlt. „You'd better go alone."

„Mom and Dad don't want us walking around the city **separately**."

Klar, das gehörte zu dem Deal mit meinen Eltern. Aber ich war fest entschlossen, nicht noch einen Tag mit den Turteltauben Nina und Marc und dem Lügner Chris zu vergeuden. Und das würde ich auch durchsetzen. „They don't have to know", sagte ich deshalb voller Überzeugung.

AM ZIEL der Träume?

Am nächsten Vormittag liefen wir nach einem leckeren Frühstück im Coffeeshop gemeinsam den Union Square entlang. Zum wiederholten Mal bewunderte ich die Palmen auf diesem Platz. Ich liebte alles, was irgendwie nach Sonne, Strand und Meer aussah, und da gehörten Palmen eindeutig dazu, auch wenn sie mitten in einer Großstadt auf einem vom Verkehr umbrandeten Platz standen. Wir schlenderten bis zur Powell Street und stiegen in das nächste Cable-Car, das anhielt. Es saßen und standen wieder viele interessante Menschen darin, die sofort meine Fantasie anzuregen begannen. Wieso sah diese bildhübsche Frau dahinten, die mit den dunklen Haaren, nur so unendlich traurig aus? Hin und wieder wischte sie sich verstohlen die Augenwinkel, als ob sie verhindern wollte, dass Tränen kullern. Hatte ihr Mann sie verlassen? War sie durch eine Prüfung gefallen? Oder war jemandem, den sie gern mochte, etwas zugestoßen?

Take care! Pass auf!

Wieso hatte der alte Mann dort so ein vergnügtes Lächeln auf den Lippen? Hatte er sein Enkelkind besucht? Hatte er einen Lottogewinn erzielt? Hatte er sich auf seine alten Tage noch einmal frisch verliebt? Ich würde es nie erfahren, ganz klar.

Nina stieg eine Station später wieder aus, um sich mit Marc zu treffen. „**Take care!**“, rief sie, als sie auf die Straße sprang. „And don't forget to be back at four p.m. My parents want to go out for dinner with us!“

Ich fuhr noch ein wenig weiter. Als ich die Trans-America-Pyramid sehen konnte, diesen pyramidenförmigen Wolkenkratzer, an dem ich die Skyline von San Francisco jederzeit wiedererkennen würde, stieg ich aus und lief ein Stück die California Street hinunter.

Weil es noch sehr früh war, ließ ich mich treiben und sah mir die Stadt und natürlich die Menschen an. Ich kam an einem Restaurant vorbei, dessen Besitzer den Begriff Tischbein offenbar wörtlich genommen hatte. Unter allen Tischplatten waren anstelle der üblichen geraden Holzstützen Beine von Schaufensterpuppen montiert. Bunt aufgemalte „Strümpfe" gaben dem Ganzen ein ziemlich witziges Aussehen. Ich wollte ein Foto davon machen, aber als ich in meiner Tasche wühlte, stellte ich fest, dass ich offenbar meinen Apparat schon wieder im Hotel liegen gelassen hatte. Dann musste ich eben ein andermal mit Nina hierher zurückkommen. Ich notierte mir in meinem Tagebuch, in welcher Straße ich die lustigen Tischbeine wiederfinden würde. Anschließend kaufte ich in einem kleinen Laden einige Postkarten, die ich an meine Familie und Patty schreiben wollte. An der Bush Street Ecke Grant Avenue stand ich vor einem pagodenähnlichen Tor – dem Eingang zu Chinatown. Ich holte den Reiseführer hervor, den meine Mutter mir gegeben hatte – natürlich eine englischsprachige Ausgabe – und las: „Chinatown, San Francisco. 75,000 inhabitants. Largest Chinese population outside Asia."

Suchend blickte ich mich um, denn ich war hier mit Amber verabredet. Sie hatte Nick schon einmal zufällig getroffen und vielleicht war sie genau der Glücksbringer, den ich brauchte. An das Pagodentor gelehnt, blickte ich die Straße hinunter. Heute war offenbar mein Tag, Leute zu beobachten. Eine furchtbar fette Frau ging vorüber. Sie trug ein gelb-grün geringeltes T-Shirt und dazu einen langen, engen lilafarbenen Rock mit pinkfarbenen Blümchen. Es zeichnete sich jede einzelne Speckrolle ab und sie hatte mächtig viele davon. Sie watschelte wie ein Pinguin. Wahrscheinlich waren ihre Oberschenkel so dick, dass sie ihre Beine nicht mehr nah genug aneinanderbekam, um gerade zu laufen. Ich konnte nicht anders, ich musste das einfach zeichnen. Eilig zückte ich mein Tagebuch.

Never mind! Macht nichts!
passer-by Passant(in)
determined entschlossen
to enter hineingehen; betreten

Als ich wieder aufschaute, sah ich Amber heranhasten.
„You don't have to run, Amber", rief ich ihr zu und sie verlangsamte ihren Schritt, denn sie war wirklich ziemlich außer Puste, wie ich feststellte, als sie sich neben mich an den Sockel des Tores lehnte.
„Sorry, my teacher talked and talked and talked, although school finished early. We had no chance to go."
„Never mind! I've been busy watching the **passers-by** and drawing them."
„Still looking for Nicholas Stevenson?"
Ich hatte völlig vergessen, darauf zu achten, während ich die dicke Frau zeichnete, aber das wollte ich nicht zugeben.
„Sure. I won't give up until I have to go back to Germany."
„Wow, you are one **determined** gal!" Sie zwinkerte mir zu und deutete dann in Richtung Chinatown. „Shall we **enter** a foreign world?"

prejudice Vorurteil
European Europäer(in)
giantess Riesin
for instance zum Beispiel
vain eitel
drama school Theaterschule

Wir schritten durch das Tor und betraten tatsächlich eine völlig andere Welt. Schon dass die Menschen nun größtenteils auf Augenhöhe mit mir waren, war eine komplett neue Erfahrung für mich.
„I always thought it was just a **prejudice** that Asian people are shorter than **Europeans** and North Americans. But look! Most of them aren't taller than me, and I'm not exactly a **giantess**."
„Well, many prejudices are just prejudices, but sometimes there's truth in them."
„Give me another example", sagte ich, weil ich den Eindruck hatte, sie wollte mir damit noch etwas anderes sagen. Sie überlegte einen Moment, während sie neben mir herlief.
„Take actors **for instance**. We say they're all **vain**. Otherwise they'd work in a post office or something like that."
Ich wartete darauf, dass sie weitersprechen würde, aber sie hatte vor einem *garment shop* ein T-Shirt entdeckt, das sie mit skeptischem Blick vor ihre Brust hielt. Schließlich hängte sie es zurück an den Ständer.
„Well, most of them *are* vain. They already think they're something special when they're still at **drama school**. I once met a Lee Strasberg School student from New York. So I know what I'm talking about." Sie seufzte. „But if they become famous it's even worse. They think they're the greatest, and that's exactly how they behave."
„What do you want to tell me?" Ich war misstrauisch. Sollte das etwa heißen, Nick wäre ein eitler Fratz?

Sie blieb stehen und sah mir in die Augen. „Follow your dreams, but wake up before it's too late." Dabei lächelte sie mich aufmunternd an.
Ja, steckten die eigentlich alle unter einer Decke? Ich antwortete ihr nicht und beschloss, das Gespräch so schnell wie möglich zu vergessen. Zum Glück schien Amber keine Antwort zu erwarten. Wir lenkten unsere Schritte in ein chinesisches Lebensmittelgeschäft. Der winzige Laden war bis unter die Decke mit Regalen zugestellt. Die meisten Aufschriften auf den Dosen, Gläsern und Schachteln konnte ich nicht entziffern. Gut, dass der Inhalt meist auf dem Etikett abgebildet war! Alles sah bunt und unsortiert aus, aber es musste trotz allem ein gewisses System dahinterstecken, das ich nur nicht durchschaute. Wir drangen tief in den Laden vor. In einer der hinteren Regalreihen stand ein älteres Pärchen. Er mit dickem Bauch, weißen Shorts über dürren Kalkleisten und Dödelmütze auf dem Kopf. Sie mit Sonnenbrille, Sonnenhut und grellbunter Bluse – ebenfalls etliche Kilo zu viel drauf, vor allem am Busen. Ich wunderte mich keineswegs, als die Frau anfing zu sprechen: „Woll, ich weiß nich. Meinst du wirklich, datt dat Zeuch hier in Ordnung is? Die Chinesen nehmen dat bestimmt mit dem Verfallsdatum nich so genau."
„Liebelein, wir müssen ja hier nix kaufen. Dann gehen wir lieber heute Abend ein schönes Schnitzel essen, woll?"
Ich musste mich dringend in eine andere Regalreihe zurückziehen und prustete in meine Hände. Amber folgte mir. „What are you laughing about?", wollte sie wissen.

„I just had another lesson about **stereotypes** and prejudices“, erwiderte ich und japste nach Luft. „Did you see that **couple** over there?“ Amber nickte. „They're Germans. Typical Germans. The kind of Germans nobody would like to be compared with. The ones that always eat German food in foreign countries, you know?“
Da musste auch Amber kichern und streckte den Kopf noch einmal um die Regalecke, um den drolligen Anblick des Paares zu genießen, das sich noch immer nicht entschieden hatte, wo sie denn „dat schöne Schnitzel“ essen gehen wollten.
Wir verließen den Laden und bummelten weiter. Das chinesische Stimmengewirr ringsum war irgendwie angenehm, obwohl ich kein einziges Wort verstand. Wir schauten in Garküchen, deren Fenster sich direkt zur Straße öffneten, und sahen alte Menschen auf Bänken vor den Häusern sitzen. Mir fiel ein, dass Ronan einmal erzählt hatte, dass es Chinesen in Chinatown gab, die seit dreißig oder mehr Jahren hier lebten und kein einziges Wort Englisch sprachen, ganz einfach, weil sie es nicht brauchten. Eine kleine, heile Welt, wie es schien.

stereotype Stereotyp
couple Paar

„I'm terribly hungry!“ Als ich genau hinhörte, konnte ich tatsächlich Ambers Magen gluckern hören und mir ging es ähnlich. „How about eating in a real Chinese restaurant?“ Amber deutete in das erste Stockwerk eines über und über mit Drachen verzierten Hauses. „They serve the world's best *chicken chow mein*!“ Als sie meinen irritierten Blick sah, klärte sie mich auf: „Chicken fried noodles!“

Ach so. Gebratene Nudeln mit Hühnerfleisch. Das liebte ich wirklich, und wenn es direkt in Chinatown gekocht wurde, schmeckte es vielleicht wirklich noch mal so lecker. Amber musste mich nicht lange dazu überreden, ihr in das Restaurant zu folgen.

Wir mussten eine lange, schmale Treppe nach oben steigen, die zu einem großen, hellen Raum führte, in dem lauter runde Tische standen. Außer uns waren offenbar nur Chinesen dort, aber die anderen Gäste nahmen gar keine Notiz von uns.

wait to be seated warten Sie, bis man Ihnen einen Sitzplatz anweist

Auch in diesem Lokal wies das unvermeidliche Schild mit der Aufschrift „Please **wait to be seated**“ darauf hin, dass wir uns nicht einfach einen Platz aussuchen durften, sondern abwarten mussten, bis der Kellner kam, uns an einen Tisch führte und die Speisekarten überreichte.

An dem uns zugewiesenen Tisch saß bereits ein Pärchen, das offenbar auch kurz zuvor erst angekommen war. Wir setzten uns und sahen uns um. In der Mitte des runden Tisches befand sich eine Drehplatte, auf der lauter kleine Schüsseln mit verschiedenen Soßen und diesen Crupuk-Chips standen. Wahrscheinlich waren die Tische zu groß, um ohne diese Drehplatten an alles heranzukommen.

Als der Kellner zurückkam, bestellte Amber gleich zwei Portionen *chicken chow mein* und zwei Cola, damit wir uns nicht mit der Karte herumplagen mussten, auf der die meisten Gerichte ohnehin nur auf Chinesisch standen. Eine Gesetzmäßigkeit, welchen Gerichten die Gnade erwiesen wurde, übersetzt zu werden, hatten wir nicht ausmachen können.

„I've already been here with Mum and Dad!", erklärte Amber. „But they couldn't work it out either."
Nun, die Hauptsache war, dass wir bekommen würden, was wir bestellt hatten, und das funktionierte auch.
Es stellte sich heraus, dass Amber nicht übertrieben hatte. Das waren die besten gebratenen Nudeln mit Hühnerfleisch, die ich je gegessen hatte! Allerdings dauerte der Verzehr ein wenig länger als üblich.
„Did you ever eat your meal with **chopsticks**?", fragte sie mich, als der Kellner uns die Essstäbchen überreichte. Da erst fiel mir auf, dass an allen Tischen mit Stäbchen gegessen wurde. Normales Besteck schien es hier nicht zu geben! Ach du liebes Lottchen, was sollte das denn geben!
„I'll **starve** right in front of my bowl", raunte ich Amber zu.
„Oh, Britt, don't worry! I'll explain it to you!" Amber hatte die Zimmerlautstärke jedenfalls nicht erfunden.

chopstick Essstäbchen
to starve verhungern
forefinger Zeigefinger
grain Korn

Dann musste ich meine Stäbchen auspacken und sie drückte mir eines davon so in die rechte Hand, dass der obere Teil in der Kuhle zwischen Daumen und Zeigefinger zu liegen kam. Weiter unten lag das hölzerne Ding einfach locker auf meinem Mittelfinger auf.
„You just have to put the other chopstick between your thumb and **forefinger**. Now you can move it like this."
In Windeseile platzierte sie ihre eigenen Stäbchen in der Hand und wackelte mit dem oberen Gerät zwischen Daumen und Zeigefinger hin und her.
„You even can grab a single **grain** of rice or a pea with it!", jubelte sie. Ich war mir da nicht so sicher. Aber ich

schaffte es tatsächlich, halbwegs mit den ungewohnten Dingern klarzukommen. Ich fühlte mich wie beim ersten Mal Skifahren. Die Bretter waren auch viel zu lang gewesen. Zum Teil schaufelte ich die Nudeln nur irgendwie aus der Schüssel, aber hin und wieder gelang es mir doch, die Stäbchen wie eine Pinzette zu benutzen. Mit etwas mehr Übung würde ich irgendwann sicher ein normales Esstempo erreichen. Amber lobte mich: „You're a quick **learner**!"

learner Lerner(in)

Wir hielten uns die Bäuche nach dem Essen, denn die Portionen waren sehr reichlich gewesen. Ich hatte Schwierigkeiten, die steile Treppe wieder hinunterzugelangen. „A little more of that delicious chicken fried noodle, and I wouldn't be able to see my feet any more", witzelte ich.

Wir traten aus dem Haus und ließen uns mit der Menge treiben. Als wir um die nächste Straßenecke biegen wollten, gerieten wir in eine Menschenmenge. Chinesen, weiße Amerikaner und Touristen. Sie alle schienen auf etwas zu warten.

„What's happening over there?", fragte ich Amber, obwohl die ja auch nicht mehr sehen konnte als ich. Von Natur aus neugierig, wollte ich natürlich genau wissen, was dort los war. Mit viel „Excuse me" und „Sorry" drängelten wir uns durch die Menschenmassen hindurch, bis es an einer Absperrung nicht mehr weiterging. Dahinter herrschte in einigem Abstand ein ziemliches Gewimmel.

„Oh, look, they're shooting a movie!" Amber hatte es zuerst gecheckt.

Sie hatte recht: Menschen mit Mikros wuselten herum und andere sahen einfach unheimlich busy aus, obwohl sie offenbar nichts zu tun hatten. Ein Mann saß auf einem Stuhl und starrte angestrengt in einen Monitor. Vor einem Haus lag ein riesiges Luftkissen auf der Straße und im selben Moment, als ich an der Fassade hochblickte, sprang ein Mann aus einem Fenster der oberen Stockwerke. Ich erschrak, aber der Typ landete weich auf der Matte. Der Mann im Stuhl, bei dem es sich offenbar um den Regisseur handelte, brüllte „**Cut!**", und daraufhin machte der Stuntman *high five* mit einem Mitglied der Filmcrew. Sie lachten erleichtert und ich kapierte, dass die Szene offenbar im Kasten war.

Cut! *Filmsprache:* Schnitt!

Die Matte wurde weggeräumt und die Kamera wurde für eine andere Einstellung bereit gemacht. Und dann blieb mir fast das Herz stehen. Der Spruch ist zwar völlig abgegriffen, aber er erklärt am besten, wie ich mich gefühlt habe, als plötzlich Nicholas Stevenson auf dem Plan erschien.

Nicky, mein Nick!

Am liebsten hätte ich gerufen: „Hallo, Schatz, hier bin ich!" Für einen Moment hatte ich tatsächlich vergessen, dass er mich gar nicht kannte. Er war mir so vertraut, dass ich überhaupt nicht auf die Idee kam, es könnte für ihn anders sein. Ich ließ also den Ruf in meiner Kehle und nahm die Hand wieder herunter. Dafür versuchte ich, die Kraft all meiner Sinne in meinen Augen zu bündeln, damit ich nur nie vergessen würde, was ich gesehen hatte. Wieso hatte ich dummes Huhn wieder mal meinen Fotoapparat im Hotel vergessen? Das würde ich mir bis an mein Lebensende nicht verzeihen!

Aber wer weiß? Vielleicht war das ja gar nicht so schlimm. Vielleicht würde ich ja schon bald in seinen Armen liegen. Und dann hätte ich alle Zeit der Welt, um von ihm und uns Fotos zu machen. Ich musste es nur irgendwie schaffen, hinter die Absperrung zu kommen.

„Don't even think about it", sagte Amber, die Nick natürlich auch bemerkt hatte. „You are not going to climb over this **barrier**! You'll get into serious trouble if you do." Sie sah mich an, als sei sie bereit, sich auf mich zu stürzen, wenn ich versuchen sollte, die Absperrung mit Gewalt zu überwinden.

barrier
Absperrung

Doch das Glück schien mir hold zu sein, denn ein Ordner, oder wie man solche Leute in dem Fall nennt, lief mit einem Walkie-Talkie in der Hand ganz nah an mir vorbei. Ich nahm all meinen Mut zusammen: „Excuse me, sir!" Ich musste noch mal lauter rufen, bis er sich bequemte, sich überhaupt zu mir umzudrehen. Er sah gönnerhaft zu mir herab.

„I came all the way from Germany to San Fran just to see Nicholas Stevenson. Is it possible to get his autograph?"

Der Ordner sah mich irgendwie mitleidig an, wie mir schien.

„Believe me, miss, if you knew him, you wouldn't want his autograph. I can't arrange that for you. I'm very sorry." Damit drehte er sich um und mir kam es so vor,

als versuche er, so schnell wie möglich von mir wegzukommen. Wahrscheinlich war er es leid, angebettelt zu werden. Aber was hatte er gemeint? Wenn ich Nick kennen würde, würde ich kein Autogramm mehr von ihm wollen? Ich war maßlos enttäuscht.
Wie zum Teufel sollte ich nur hinter diese Absperrung gelangen? You can see him, but you can't touch him, fuhr es mir durch den Kopf. Es konnte doch wirklich nicht wahr sein, dass ich so kurz vor dem Ziel meiner Träume scheitern sollte!
Da hörte ich IHN mit einem Mal fluchen. Zumindest klang es so, weil ich auf diese Entfernung nichts Genaues hören konnte. Er schrie einen kleinen Kerl an, der vor ihm stand. Der kleine Mann schien sich zu entschuldigen, jedenfalls verbeugte er sich andauernd und machte ein paar Schritte zurück. Der Wind wehte Gesprächsfetzen zu mir herüber.
„Move your ass and go back to the hole you've come **creeping** out of!"
Moment, das konnte unmöglich mein Nick gewesen sein, der so etwas sagte! Andererseits hatte ich es genau gesehen, also war kein Zweifel möglich. Na ja, vielleicht hatte der Mann ihn ja beleidigt.
Aber Nick machte weiter. Er fluchte die ganze Crew an. Ich konnte nichts mehr verstehen, aber seine Gesten sagten genug. Der Arme hatte wohl einen rabenschwarzen Tag. Das konnte ja mal passieren. Bestimmt hatte man ihm etwas Unmögliches zugemutet. Als berühmter Schauspieler stand er ja auch tierisch unter Druck. Vielleicht sollte ich mich ihm dann lieber nicht ausgerechnet heute vorstellen.

to creep kriechen

Eine junge Frau mit einem Pappbecher voller Kaffee lief in der Nähe der Absperrung entlang.
„Excuse me, can you tell me where you're shooting the next few days?"
„The **set** will still be here", antwortete sie und kam auf mich zu. „Why do you ask?"
„I want to ask Nicholas Stevenson for an autograph. But today doesn't seem to be the right moment." Ich deutete auf den tobenden Nick.
„If you want to wait for the right moment, you'll wait forever, honey." Die junge Frau warf den Kopf in den Nacken und lachte. „Nick doesn't like to give autographs to his fans. He's a little bit, hmm, let's say: special." Sie zwinkerte mir zu. „But you'll have to excuse me, I'm in a bit of a hurry. Good luck, anyway!" Dann nahm sie einen tiefen Schluck aus ihrem Kaffeebecher und ging zur Crew hinüber.
„Now, what did I tell you about vain actors?" Amber lächelte gutmütig und stieß mir sanft in die Rippen.
Aber ich blieb dabei: „Nick isn't vain. He might be a bit **overworked**. But I'm sure he's got a heart of gold."
Amber zog eine Augenbraue hoch. „Well, I have to go home now." Sie tätschelte meinen Arm.
„I want to stay for a little **while**. Maybe his **mood** will improve."
„Don't do anything dangerous or **forbidden**!", schärfte sie mir noch ein. Ich versprach es ihr. Wir verabredeten uns, bald wieder zu telefonieren, und Amber verschwand schließlich in der Menge. Von Nick war nichts

set Szenenaufbau
overworked überlastet
while Weile
mood Laune
forbidden verboten

mehr zu sehen. Ich sah mir noch an, wie eine Szene zwischen zwei mir völlig unbekannten Schauspielern mindestens dreißigmal wiederholt wurde, bevor mir klar wurde, dass Nick wohl nicht mehr auftauchen würde. Ich wollte auf meinem Handy nachsehen, wie spät es war, aber der Akku war leer. Auch das noch!
Ich erkundigte mich bei einer Frau in meiner Nähe nach der Uhrzeit: „Excuse me, ma'am. What time is it?"
Sie schob ihren linken Ärmel ein wenig hoch. „Four fifteen." Sie lächelte mir freundlich zu.
Ich stammelte ein Dankeschön und quetschte mich hektisch zwischen den letzten Geduldigen durch, die noch immer den Dreharbeiten zuschauten. So ein Mist! Vor einer Viertelstunde hätte ich bereits an der Cable-Car-Station sein müssen! Nina war sicher schon sauer. Als ich mich umsah, wurde mir klar, dass ich nicht mehr wusste, aus welcher Richtung Amber und ich gekommen waren. Mein Orientierungspunkt, die Trans-America-Pyramid, das *Trans Am Teepee*, wie es von den Einheimischen genannt wurde, war von hier aus nicht zu sehen, also lief ich hektisch hin und her. Irgendwann merkte ich, dass ich eindeutig in der falschen Richtung unterwegs sein musste. Verdammt, es wurde immer später! Ich hätte jubeln können, als ich endlich auf einer Kreuzung stand, von der aus ich die Spitze dieses imposanten Gebäudes ausmachen konnte. Jetzt kannte ich zumindest die ungefähre Richtung, in die ich laufen musste.

ÄRGER

Keine Nina an der Cable-Car-Station. Was sollte ich jetzt machen? Wenn wir getrennt im Hotel auftauchten, gab das sicher mächtig Ärger. Ich wartete noch ein paar Minuten, aber dann musste ich wohl oder übel in den sauren Apfel beißen und alleine zum Hotel gehen.
„Hast du sie noch alle?“ Nina tobte, als ich endlich in der Hotellobby aufkreuzte. Die Uhr dort zeigte auf kurz vor fünf. „Vor einer Stunde wollten wir uns an der Cable-Car-Station treffen! Meine Eltern wollen mit uns noch essen gehen, du erinnerst dich? Deshalb sollten wir um Viertel nach vier im Hotel sein. Sie sind jetzt stinksauer, dass wir uns nicht an die Abmachung gehalten haben und getrennt unterwegs waren!“
„Wieso hast du nicht an der Station gewartet?“
„Du warst ja auf dem Handy nicht zu erreichen! Und als es immer später wurde, dachte ich, du wärst schon im Hotel. Und da bin ich voll meinen Erzeugern in die Arme gelaufen. Eine schöne Freundin bist du!“
„Ich hab Nick gefunden.“ Ich hoffte, sie würde sich vielleicht weniger aufregen, wenn sie meine gute Nachricht hörte. Aber weit gefehlt.
„Prima, Madame hat sich also prächtig amüsiert, während ich gedacht habe, du liegst vielleicht gemeuchelt in irgendeinem Keller“, hielt sie mir vor.
„Du hast dir Sorgen gemacht? Echt?“ Das war ja nun auch wieder irgendwie rührend.
„Na, was denkst du denn?“ Ihre Stimme wurde wieder sanfter. „Alte Trödelliese!“ Sie knuffte mir auf den Arm.

Es sollte wohl ein freundschaftlicher Knuff werden, dachte ich zumindest, doch es tat ziemlich weh. Aber ich sagte nichts dazu; schließlich war ich froh, dass sie nicht mehr so wütend war.

„Wie kommen wir aus der Nummer jetzt wieder raus?“

trust Vertrauen
to abuse missbrauchen
supervision Aufsicht

„Not at all, my dear“, sagte Ronan, der unbemerkt hinter mich getreten war. Ich zuckte zusammen, als stünde der Leibhaftige hinter mir, und irgendwie war er das ja in dem Moment auch, denn er hatte letztlich zu entscheiden, was passieren würde. Und das konnte so oder so nur finster sein.

„Okay, gals. We put our **trust** in you and you **abused** it. The deal was that you would never leave the hotel alone. Just Britt and Nina together. It didn't work, so from now on you have to stay under our **supervision**.“

Ich muss nicht sehr intelligent dreingeschaut haben.

„Papa meint, wir stehen fortan unter Aufsicht.“

„What does that mean exactly?“, wollte ich von Ronan wissen.

„Quite simple: you don't leave the hotel without Marianne or me.“

„Oh Daddy, you don't mean it!“

„Sure I mean it. What do you think Britt's parents would have said if Britt had disappeared today? Imagine: we would have had to fly back home and tell them at the airport, ‚Oh, your daughter? We're awfully sorry, but we lost her somewhere. She may be dead – we don't know for sure.‘ And they'd answer: ‚Oh, never mind. We still have another one!‘“

„Dad, you're so funny. **Whatever** – I've got a date for tomorrow –"
„Then take your mother with you, my dear", unterbrach Ronan sie und grinste wahrhaft teuflisch.
Da hatte sich Nina echt nicht mehr im Griff. „Das ist alles bloß deine Schuld! Du mit deinem dämlichen Nick!", fauchte sie mich an.

whatever
was auch immer; wie auch immer
to argue
sich streiten

„Why are you **arguing**, ladies? I don't know about you, but I'm starving! Let's get something to eat." Marianne war aufgetaucht, voller Tatendrang und hungrig. Ich hatte ja bereits in Chinatown gegessen, aber vielleicht konnte ich mir ja einen Salat bestellen. Wir setzten uns in Bewegung und gingen in ein nettes, kleines italienisches Restaurant. Dort lernte ich den Unterschied zwischen europäischer und amerikanischer Pizza kennen. Die Salami-Pizza, die Nina sich bestellt hatte und von der sie mich widerwillig probieren ließ, bestand aus wahnsinnig dickem, weichem Teig, wenig Tomatensoße, wenig Salami und tierisch viel Käse, der gigantisch lange Fäden zog. Zu Hause bevorzugte ich ja die knusprige Variante, aber das hier hatte auch etwas. Ich durfte eben nur nicht drüber nachdenken, dass es Pizza sein sollte, was ich da aß. Nina kämpfte wortlos mit ihren Käsefäden. Sie schmollte die ganze Zeit, weil sie mir die Schuld daran gab, dass sie sich am nächsten Tag nicht mit Marc treffen konnte. Das schien ja echt was Ernstes mit den beiden zu sein, meine Herren! Aber Moment – wenn es Ronan ernst damit war, was er gesagt hatte, dann würde sie sich überhaupt nicht mehr mit Marc treffen können,

solange wir in San Francisco waren. Es sei denn, sie nahm ihre Mutter mit, was ja nicht sehr romantisch war. Und ich war schuld daran, weil ich mich wegen Nick so angestellt hatte!
Auf dem Weg zurück ins Hotel lief ich neben ihr. „Hey, I'm really sorry about what happened today. I'll talk to your parents and see what I can do about it."
Sie grunzte etwas, was wie „Hrm" klang.
„Don't you want to know what happened with Nick? And why I was late?"
„Hrm-nm." Das klang nicht wie Zustimmung.
„Echt nicht?"
„Nö!"
„Hm." Dann konnte ich ihr auch nicht helfen. Schade, ich hätte es so gerne erzählt. Den Rest des Weges liefen wir schweigend nebeneinanderher. Erst als wir uns von ihren Eltern für die Nacht verabschiedet hatten und auf unserem Bett lagen, schaute sie zu mir rüber. „Nun erzähl schon!", brummelte sie.
Ich war ihr wirklich dankbar, dass ich nun doch nicht zum Platzen verurteilt war, und berichtete ihr haarklein, was sich zugetragen hatte. Nur dass Nick sich so aufgeführt hatte, ließ ich aus. Stattdessen erzählte ich, dass er sofort nach dem Dreh einen anderen Termin gehabt hätte.
„Britt, that's great!" Nina freute sich wirklich aufrichtig. Ich war erleichtert, dass schlechte Laune bei ihr nie lange anhielt. „I know what to do! We have to take my mum with us all the time, right? So we can talk her into going with us to the set. Perhaps you'll get closer to Nick if an adult is with you."
Das leuchtete mir absolut ein.

„Oh, that would be fantastic! He's much cuter in real life than in the photos in BRAVO magazine. You'll see." Nina verzog ein bisschen das Gesicht. Ich war nicht sicher, ob das an Nick lag oder daran, dass sie sich gerade ihr Schlafanzugoberteil über den Kopf gezogen hatte. „Oh, well, he's never been my **type**."

„You're not supposed to fall in love with him. Just come and have a look." Mehr würde ich ihr auch nicht gestatten.

„And what about Chris and Marc?"

„We'll come up with something. Don't worry. You'll meet your Marc again."

„He isn't *my* Marc!"

type Typ
bad-tempered schlecht gelaunt
to curse fluchen
charming charmant

Ich hatte den Eindruck, als würde Nina gleich wieder sauer werden, also hielt ich den Mund und schüttelte mein Bettzeug auf. Ich kuschelte mich in die Kissen, schnappte mir das Tagebuch, drehte mich auf die Seite und trug die Neuigkeit des Tages ein:

I've seen him, oh my God, I've seen him! He looks like an angel! If only I'd been able to get closer to him. I'd be the happiest girl in the world. But there's one thing I'm wondering about: he seemed to be very **bad-tempered**. He was roaring and **cursing**. I wonder why he was so rude. I hope it was only a mood and not his true character… No, I'm sure that he's usually very **charming**. He was just having a bad day.
Tomorrow we'll go to the set again – then I'll find out more about him.
Good night Nick, my angel. Tomorrow will be our day!

ZWEITER VERSUCH

Als wir am nächsten Morgen in den Coffeeshop gingen, war Ronan bereits wieder nach Berkeley aufgebrochen. Schließlich war es ja eine Dienstreise.

„Mom?" Es hatte sich inzwischen eingebürgert, dass wir auch mit Ninas Mutter englisch sprachen. „Do you mind visiting a movie set with us?"

Cut the flattery. Schluss mit den Schmeicheleien.
to deserve verdienen

Marianne träufelte Ahornsirup auf ihre Pfannkuchen und ließ sich mit der Reaktion ein Weilchen Zeit. „Why would I want to do that?"

„Because you're the world's best mom!"

„Oh, come on, **cut the flattery**! Tell me why you want to go there."

Es war wohl am besten, ihr direkt die Wahrheit zu sagen, und das tat ich selbst. Schließlich hatte ich Nina die Überwachung eingebrockt.

„My favorite actor lives here in San Fran. I'd really like to get his autograph!" Dass ich eigentlich viel mehr von ihm wollte, brauchte Ninas Mutter vielleicht doch nicht zu wissen. „Yesterday I watched him on set in Chinatown, but I couldn't speak to him. We thought an adult might be able to get us permission to meet him and get his autograph."

„Do you think you **deserve** my help after all you've done?" Marianne sah mich mit zusammengezogenen Augenbrauen an.

„No, not really." Ich machte die traurigsten Kulleraugen, die ich im Repertoire hatte. „But it may be my last chance."
Ich musste sehr überzeugend gewirkt haben, denn Marianne willigte tatsächlich ein!
„Do you know where we have to go to?" Sie wischte einige Krümel vom Tisch auf ihre Hand und ließ sie auf den Teller fallen. Das machte meine Mutter auch immer. Scheint ein Mütter-Reflex zu sein.
„A member of the crew told me that they were going to be at the same **location** as yesterday. I think I know how to get there." Es war wohl besser, Marianne gegenüber nicht zuzugeben, dass ich mich gestern auf dem Rückweg verlaufen hatte. Und noch einmal würde mir das sowieso nicht passieren.

location Drehort
to fulfill (*BE* fulfil) erfüllen

„Okay, girls. Let's finish breakfast and then we'll go and **fulfill** your dreams."
Ich lief um den Tisch und fiel ihr um den Hals.
„Ich habe halt meinen netten Tag", sagte Ninas Mutter auf Deutsch und zwinkerte mir zu.

Diesmal vergaß ich den Fotoapparat nicht im Hotel. Ich musste ein Foto von uns beiden bekommen. Sonst glaubte mir zu Hause am Ende kein Mensch, dass ich wahrhaftig Nicholas Stevenson getroffen hatte!
„Nina, kneif mich mal! Deine Mutter spielt mit, dann kann ja gar nichts mehr schiefgehen!"
Aber Nina blieb skeptisch. „Warte ab, bis du vor ihm stehst. Dann kannst du immer noch jubeln."
Sie sollte recht behalten. Wir durchkämmten ganz Chi-

natown. Am Ende glaubte ich, dass ich jeden Chinesen dort mindestens dreimal gesehen hatte, aber die Filmcrew war nicht dort. Nicht in der Straße, in der das Luftkissen gelegen hatte, und auch sonst nirgendwo. Die Frau mit dem Kaffeebecher hatte mir Blödsinn erzählt. Ich hätte vor Wut heulen können!

Vollkommen frustriert fuhren wir stattdessen ins Restaurant der Bank of America im *Trans Am Teepee* hinauf. Der Blick aus den Panoramafenstern war atemberaubend. Dichter Nebel war von der Bucht heraufgezogen und irgendwann lugten nur noch die Spitzen der höheren Gebäude aus der Nebelsuppe hervor. Ich fand das Bild sehr passend, denn auch ich stocherte offenbar im Nebel. Warum hatte ich nicht wenigstens nach dem Namen der Produktionsfirma gefragt! Ich hätte mir sicher in den Hintern gebissen, wenn ich drangekommen wäre. Vermutlich würde ich Nick nie wiedersehen.

there's no point es hat keinen Zweck
to scour *hier:* durchsuchen

Über dem Nebel zogen schwarze Wolken auf, aus denen, kaum dass wir nach dem Mittagessen den Schutz der Trans America Pyramid verlassen hatten, ein heftiger Regenguss niederging. Als wir wieder im Hotel ankamen, waren wir nass bis auf die Knochen. Das alles passte genau zu meiner Stimmung. Das arme Tagebuch musste mal wieder für mein Gejammer stillhalten:

It's all over. **There's no point** looking for Nick any longer. We **scoured** Chinatown for him, but without success. The set must have been somewhere else, and San Fran is much too big to look everywhere. I think I should give up the whole thing. I have to admit that I wasn't very impressed with his bad mood yesterday. I thought he would be nicer with his crew. After all, they're working to **support** him. He should have been more **grateful**.

to support unterstützen
grateful dankbar

DIE HÖCHSTEN Bäume der Welt

Ronan hatte wieder zwei Tage Luft. Am ersten Tag fuhren wir zu seiner Familie nach Walnut Creek. Dazu mussten wir wieder die Oakland Bay Bridge überqueren, aber ich hatte mich davon überzeugen lassen, dass die Seismologen schon vermeldet hätten, wenn wieder ein Erdbeben anstünde.

Walnut Creek war ein hübsches Städtchen und Ronans Familie war wirklich nett. Bei der Begrüßung flossen Tränen der Rührung, denn es war ja das erste Mal seit langer Zeit, dass Ronans Eltern Nina sahen. Und auch Marianne, die sie Mary-Ann nannten, war erst ein einziges Mal dort gewesen. Da war auch klar, dass alles aufgetischt wurde, was Küche und Keller zu bieten hatten. Hatty, Ronans Mutter, hatte Unmengen an Kuchen gebacken. Das schien sie öfter zu tun, denn sie war ziemlich rundlich, ebenso wie ihr Mann. Was bei ihm allerdings auch am Bierkonsum liegen konnte. Es gab zwar auch Wein aus dem nahe gelegenen Napa-Valley, den die alten Clarks liebevoll anpriesen, aber ich merkte gleich, dass dem Herrn des Hauses ein zünftiges Bier lieber war als Wein. Wobei Ronan erklärte, das amerikanische Bier sei wie der Kaffee dort: dünn und ohne Geschmack. Ich habe das natürlich nicht ausprobiert. Ich fand es nur seltsam, dass das Bier in geeisten Gläsern gereicht wurde und der eine oder andere Gast sich noch zusätzlich Eis-

würfel ins Glas tat. So heiß könnte es in Deutschland niemals werden, dass jemand freiwillig sein Bier mit Eiswürfeln versauen würde!
Wir lernten auch Ronans Bruder mit Familie kennen, und sämtliche Onkel und Tanten, Cousins und Cousinen. Kurz: Es war ein turbulentes Familientreffen. Ich habe nicht mitgezählt, wie oft ich an diesem Tag einen der folgenden Sätze von mir gegeben habe:
„I'm Ronan's daughter's best friend. We go to the same school."
„Yes, I like America."
„Yes, it's very kind of Ronan and Marianne to take me with them to San Fran."
„Thank you."
Letzteres war immer die Antwort darauf, wie gut mein Englisch angeblich wäre. Tatsache war, dass es mir immer leichter fiel, englisch zu sprechen. Mir fielen immer mehr Vokabeln ein. Allerdings war ich mir nicht sicher, ob ich das auch alles würde korrekt aufschreiben können. Aber alles auf einmal konnte beim besten Willen niemand von mir verlangen. Auf jeden Fall würde es mündlich reichen, um von der Vier wieder runterzukommen.

Von irgendwoher tauchte plötzlich ein Fußball auf und die anwesenden Mädchen sowie einige Mädchen aus der Nachbarschaft stürzten sich darauf und schossen den Ball sehr geschickt quer durch den Garten.
„Huh? These girls play soccer?" Auch Nina war verblüfft.
„Why not?" Justin, einer ihrer neu kennengelernten Cousins, schaltete sich ein. „All the girls at school play soccer."

„In Germany, soccer's more for the boys. Not many girls play it."
„But your national women's team has been much more **successful** than the men **lately**!"
„That's true. But soccer's still **mainly** a boy's sport. What about American football?", wollte ich von Justin wissen. „Isn't that popular in Walnut Creek?"
„Sure. But that game's really only for boys. Girls do the cheerleading." Und als hätten wir es heraufbeschworen, ließ einer der Onkel plötzlich einen Football durch den Garten segeln. Die Mädchen hatten sich gerade zu einer Limo-Pause zurückgezogen und schmollten ein wenig, dass sie nun nicht weiterspielen konnten.
Wir hatten ohnehin keine Lust, uns zu bewegen, und sahen den Jungs beim Spielen zu. Offenbar war es das Ziel des Spiels, dass eine Mannschaft den Football in die zuvor abgesteckte Endzone am anderen Ende der Wiese bringen musste. Die gegnerische Mannschaft musste ihrerseits den jeweiligen Ballträger daran hindern. Sobald einer auch nur einen halben Meter mit der ovalen Pille davoneilen wollte, lag schon ein Menschenknäuel auf ihm drauf. Justin spielte auch mit und war pfiffiger. Er schlug Haken und wand sich durch die Meute durch. Schließlich hechtete er mit dem Football in die gegnerische Endzone.
„Touchdown!", brüllten alle durch den Garten. Die Mädchen hatten sich derweil zu Cheerleadern umfunktioniert und schwenkten mangels der Pompons bunte Papierservietten.

successful
erfolgreich
lately
in letzter Zeit
mainly
hauptsächlich

„**Gimme** a J!", rief eine und die anderen schrien aus Leibeskräften zurück: „J!"
„Gimme a U"!
„U!"
„Gimme an S"!
„S!"
„Gimme a T!"
„T!"
„Gimme an I!"
„I!"
„Gimme an N!"
„N!"
„And that spells?" Ihre Stimme überschlug sich beinahe.
„Justin, Justin, Justin!", skandierten die Mädels, und der so Gefeierte machte Faxen auf dem Rasen, tanzte um eine imaginäre Stange und führte sich überhaupt ganz genau so auf wie die Jungs in unserer Klasse: absolut kindisch.

Nina und ich stopften uns währenddessen mit köstlichem *apple pie* und superleckeren Muffins voll, bis uns fast übel war. Und da liefen schon die Vorbereitungen zum Barbecue, beziehungsweise „BBQ", wie die Grillerei hier abgekürzt wurde, auf Hochtouren. Wir konnten also nicht umhin, noch Steaks und *baked potatoes* mit *sour cream* zu essen. Bezüglich des Rückwegs hatte ich dann doch Bedenken, aber nachdem wir unzählige Hände geschüttelt, schwere Quetschungen von heftigen Umarmungen davongetragen und uns schließlich

gimme (give me)
gebt mir

von der ganzen Sippe verabschiedet hatten, kamen wir doch wieder im Hotel an, ohne uns unterwegs zu übergeben.

Während wir uns in Walnut Creek mästen ließen, hatte Amber eine SMS geschickt, ob wir uns nicht alle wiedertreffen wollten. Und weil Ronan sich im Kreise seiner Familie so wohlgefühlt hatte und gut gelaunt war, lud er Amber ein, uns am nächsten Tag in die Muir-Woods zu begleiten.

„Was gibt es da eigentlich zu sehen?“, wollte ich von Nina wissen, als wir uns am nächsten Morgen zu dritt auf den Rücksitz des Mietwagens quetschten.

„Sequoias.“

„Bitte, was für **Squaws**?“

„Sequoias. Mammutbäume. Giant **redwoods**. Die größten Bäume der Welt.“ Sie kramte in ihrem Rucksack, zückte den Reiseführer und las: „Giant redwoods are the largest trees in the world. They are 2,500 to 3,000 years old, **measure** up to eleven meters in **diameter**, and **tower** to heights of seventy-six to ninety-one meters above the ground. Single sequoia branches may be larger than **record-sized** trees of other **species**. There seem to be no **limits** on the trees' **growth**. Sequoias typically do not die of **old age**: they usually die by falling over. So, nun weißt du Bescheid.“

squaw Squaw; Indianerin
redwood Redwood; Eibensequoie
to measure messen
diameter Durchmesser
to tower hochragen; überragen
record-sized von Rekordgröße
species Spezies; Art
limit Grenze
growth Wachstum
old age (hohes) Alter

„I've heard the park is very impressive. But I've never been there“, sagte Amber.

place of interest Sehenswürdigkeit
whenever wann auch immer
toll Maut
to strip *hier:* berauben

„But you live here! Why didn't you ever go there?“ Ich war ganz erstaunt.
„Have you ever been up the *Funkturm*?“ Nina sah mich erwartungsvoll an.
„Nee.“
„Siehste. Ich auch nicht. When you're a tourist, you look at all the **places of interest**. But if you live there with all that stuff right in front of your nose, you think oh, I can go there and look at it **whenever** I want to. And so you never ever do it.“
Das kam mir dann doch bekannt vor. „My dad once took me to the Reichstag. He wanted to show it to a colleague who was visiting Berlin. So you're right, I guess.“

Der Weg sollte uns den Highway Number One entlang über die Golden Gate Bridge führen. Aber zunächst mussten wir wieder anhalten, kaum dass wir losgefahren waren.
„That's **Toll** Plaza“, erklärte Ronan. „Here's where they **strip** you of your money.“
Stimmt, ich kannte den Ausdruck von den „toll-free“-0800er-Nummern, die fast jede Firma besaß, damit die Kunden gebührenfrei dort anrufen konnten.
Um die Brücke zu überqueren, mussten wir satte fünf Dollar bezahlen; das fand ich schon echt heftig. Dafür bot sich uns aber auch ein Wahnsinns-Ausblick auf die Skyline von San Francisco, als wir zur Marin Peninsula hinüberfuhren.

Direkt am nördlichen Ende der Golden Gate Bridge lag Sausalito. Einst eine Hippie-Hochburg, war der Ort durch seine Künstlerkolonie berühmt geworden. Die Maler lebten auf Hausbooten, zumindest las uns das Nina aus ihrem Reiseführer vor.
„Please, Ronan, let's have a look at the houseboats!", bat Marianne.
Ninas Vater bog vom Highway ab, und nachdem wir einen halbwegs vernünftigen Parkplatz gefunden hatten, sahen wir uns die Hausbootsiedlung an.
„Look at the flowers on every boat! It's so cute!"
Amber war sehr leicht zu begeistern, wie es schien. Sie quiekte dann immer ein wenig; fast wie mein Meerschweinchen Punky, das leider im vergangenen Jahr gestorben war. Aber sie hatte schon recht: Es mutete wirklich seltsam an, wenn Boote so etwas wie einen Garten hatten. Ich fand das in Wohnwagensiedlungen schon merkwürdig genug. Wenn ein *mobile home* durch einen Vorgarten mit Zaun zur Immobilie wurde, war das irgendwie schizo.
Wir schlenderten ein Weilchen herum, bis Ronan zum Aufbruch rief.
„Come on, gals! I'm afraid the redwood trees will **shrink** unless we hurry up!"

to shrink
schrumpfen

„Oh, Daddy, your jokes are awful!", sagte Nina und knuffte Ronan in den Bauch. Der tat erst so, als wäre er k.o. gegangen, doch dann jagte er hinter Nina her, fing sie ein und kitzelte sie ab.
„Help!", japste Nina und kicherte. Als Amber und ich auf Ronan zurannten, fiel er auf die Knie und legte theatralisch die Hände aneinander.

„Have **mercy**! I'm just a poor old dad, I wouldn't hurt a fly!"

Trotzdem kitzelten wir ihn auch ein bisschen, und er rannte uns davon. Erst kurz vor dem Parkplatz holten wir ihn wieder ein. Die Fahrt zu den Muir Woods dauerte zum Glück nicht lange. Als wir dort ankamen, waren die Bäume wirklich noch nicht geschrumpft.

mercy Gnade

Der Reiseführer hatte nicht zu viel versprochen. Nie zuvor hatte ich solche Bäume gesehen. Die Redwood-trees, oder Mammutbäume, wie sie auf Deutsch heißen, waren genau so, wie sie hießen: rötlich und riesengroß. In dem zum Park gehörigen Souvenirladen konnte man Schalen und Figuren kaufen, die aus diesem roten Holz geschnitzt waren.

Die Wege im Wald waren weich und dunkel.

Ninas Eltern versuchten, uns für diese einmalige Vegetation zu begeistern, aber wir drei Mädels hatten inzwischen Wichtigeres zu besprechen. Es war nämlich eine SMS von Marc auf Ninas Handy angekommen.

„I have to meet him again", sagte Nina mit glänzenden Augen. „He wants to see me."

„And what about you? Do you want to see him? Have you fallen in love with him?"

Ich war gespannt, ob Amber aus ihr herausbekam, was Nina mir bislang nicht richtig verraten wollte. Dass sie Marc mochte und sein Interesse ihr schmeichelte, war klar. Aber war es mehr?

Amber musste eine besondere Gabe haben, denn Nina blieb stehen und verdrehte glückselig die Augen.

„Oh, yes! I feel butterflies in my tummy whenever I

think of his brown eyes and his voice. I kissed him, too, and when I think ..."

„Du hast was?" Ich konnte es kaum fassen. Wieso hatte sie mir nichts davon erzählt? Den Begrüßungskuss auf die Wange neulich konnte sie ja wohl kaum damit meinen.

„Ich habe ihn geküsst. Nein, also, er hat mich geküsst. Mit allem Drum und Dran. Ich werde jetzt noch ganz irre, wenn ich daran denke."

frustrated
frustriert

„Why didn't you tell me about it?" Ich wollte Amber nicht völlig außen vor lassen, also sprach ich wieder englisch.

„I didn't talk about it because I didn't want you to get **frustrated**. Besides, my parents have been upset enough. By the way: Chris wasn't there the day we met. I told Marc before that you wouldn't be coming."

Die Erwähnung von Chris' Namen löste ein seltsames Gefühl in mir aus. Ohne dass ich es verhindern konnte, hatte ich mit einem Mal seine blauen Augen im Sinn. Seine Sommersprossen. Sein Lächeln. Dagegen half nur, sofort über Nick zu reden. Aber als ich das tun wollte, fiel mir wieder ein, dass ich aufgegeben hatte, nach ihm zu suchen. Ich würde vermutlich als alte Jungfer sterben. Bei diesem Gedanken wurde ich immer stiller. Schließlich ging ich langsamer. Nina und Amber schienen überhaupt nicht zu bemerken, dass ich nicht mehr zwischen ihnen lief. Ich begann Gräser zu pflücken, um mich irgendwie abzulenken, aber ich schaffte es einfach nicht. Wieso, um alles in der Welt, hatte ich nicht nach dem Namen der Produktionsfirma gefragt? Da hatte ich mit einem Mal den Eindruck, als würde eine Stimme leise wispern, dass es besser so wäre. Dass ich mir lieber über Chris Gedanken machen solle. Aber ich hielt mir die Ohren zu, kniff die Augen zusammen und schüttelte den Kopf, um das alles loszuwerden.

Als ich die Augen wieder öffnete, leuchtete mich am Fuße eines Mammutbaumes etwas rot und gelb an. Es war lang und dünn und ringelte sich.

„Eine Schlange!", brüllte ich, unfähig, mich an das englische Wort dafür zu erinnern, und ebenso unfähig, mich zu rühren.

Ich fand, dass meine Begleiter sich sehr viel Zeit damit ließen, zu mir zurückzukommen.

„Don't panic, Britt. You'll scare the snake."

Sehr witzig. Aber offenbar hatte die Schlange wirklich mehr Angst als ich, denn sie huschte ins Unterholz.

„You should see your face!", grölte Nina. „You look like you met a ghost!"

„Really funny, ha-ha. You wouldn't have behaved any differently if the snake had appeared right in front of you."

„Why did you stay behind anyway?"

Ich seufzte. „Ach. I don't really know what's happened to me. When you talked about Chris I had to think of Nick. I'll probably never see him again."

Und dann sagte Nina etwas, was auch von meiner Mutter hätte stammen können: „Who knows – perhaps it's better that way."

BESUCH

Nina lag noch im Bett, als ich aus der Dusche kam. Sie schlief jedoch nicht mehr, sondern hielt mit genervtem Blick ihr Handy ans Ohr.

„Britt, er hat es nicht angeschaltet! Gestern Abend schon nicht und heute auch nicht!"

„Wahrscheinlich ist sein Akku leer."

„Meinst du wirklich?"

„Na ja, du glaubst doch wohl nicht, dass Marc sein Handy deinetwegen abschaltet, oder? Und wieso sollte er das überhaupt tun?"

„Ach, ich weiß es doch auch nicht. Nur so ein Gefühl."

Es klopfte. Ich machte die Tür auf und Marianne stand davor.

„What about breakfast, ladies?"

„Och, Mummy, ich bin noch nicht mal aufgestanden."

„Nina, ich hab solchen Hunger. Ihr seid ja ein paar Schlafmützen, also ehrlich! Nimm dir mal ein Beispiel an Papa. Der ist schon längst wieder in Berkeley."

Nina drehte sich wieder auf die andere Seite und gähnte. „Das ist ja auch sein Job. Wir haben aber Ferien."

„Die müsst ihr aber nicht komplett verschlafen! Passt mal auf, ich gehe jetzt frühstücken und ihr kommt nach, okay?"

Nina benötigte noch eine halbe Stunde, bevor sie sich fähig fühlte, unter Leute zu gehen. Nach dem Blick in den Spiegel, hatte sie gesagt: „Ich kenne dich zwar nicht, aber ich dusche dich trotzdem", und war ewig nicht aus dem Bad herausgekommen.

Nun waren wir endlich im Fahrstuhl auf dem Weg nach unten. Als die Fahrstuhltür aufging, sahen wir sie im selben Augenblick: Marc und Chris saßen wie vor ein paar Tagen in den Sesseln in der Lobby!
Als Marc Nina sah, sprang er auf und ging eilig auf sie zu. Und dann gab er ihr den romantischsten Kuss, den ich je gesehen hatte. Deshalb schaute ich auch schnell weg. Chris war in seinem Sessel sitzen geblieben und hob nur die Hand zum Gruß. Es war, als würde er sich mühsam beherrschen, mir nicht zu nahe zu kommen, aber das konnte natürlich auch Einbildung sein. Ich setzte mich in einen Sessel, der ein Stück von seinem entfernt stand. Marc und Nina waren fertig mit Küssen und gesellten sich dazu. Nina war schon eifrig dabei, von unseren Unternehmungen der letzten Tage zu erzählen. Dann wandte sie sich an Chris.
„At Muir Woods, Britt saw a little snake **gliding** across the path we were walking along. You wouldn't believe how she screamed!" Nina schien sich bei der Erinnerung prächtig zu amüsieren. Da taten sich ja wahre Abgründe auf. Ich hatte Nina auf dieser Reise so kennengelernt wie nie zuvor. Bislang war sie nämlich nicht auf die Idee verfallen, sich dauernd über mich lustig zu machen. Ich beschloss, einfach nichts mehr zu sagen. Als Nina mich ansprach, tat ich, als hätte ich sie nicht gehört.

to glide gleiten

Was ich aber genau hörte, war Chris' Stimme: „Are you still interested in meeting Nick Stevenson? I arranged for you to talk to him tomorrow."
Ich dachte, ich hätte mich verhört, und sah ihn sprachlos an.

„Hey, Britt, Chris hat dich was gefragt!"
„I've got a date with him to introduce you."
„Nick wants to see me?"
„I made him want to see you." Chris lächelte sein schönstes Sommersprossenlächeln.
Ich konnte es einfach nicht glauben, setzte mich in meinem Sessel auf und beugte mich zu Chris vor.
„That's unbelievable. I went to the set a few days ago. I wasn't allowed to ask for an autograph or meet him to say hello."
„I told you, I've got special connections. Do you really want to meet him or not?"
„Sure I want to. But I'm afraid you might only **be kidding**."

to be kidding
Spaß machen, sich einen Scherz erlauben

Da schaltete Marc sich ein.
„Chris, don't you think you should tell her?"
Chris schüttelte energisch den Kopf. „No, not yet."
„What's that supposed to mean? Is there something I should know?" Die Jungs konnten doch unmöglich so eine Bemerkung machen und dann nichts weiter dazu sagen!
„You'll find out at the right time."
Sie konnten offenbar doch.
Nina ging das Ganze wieder praktisch an: „We should go and ask Mom if it's okay with her. We haven't had breakfast yet. I'm afraid she'll be very annoyed if we don't get there soon."
„Maybe we should go together?" Marc sah Nina fragend an.
„Okay then. Let's go to the coffee shop and try our very best."

Wir trabten los. Nina und ich vorneweg und die Jungs hinterdrein.

„Was kann Marc nur damit gemeint haben, Chris sollte es mir endlich sagen. Was um alles in der Welt kann es nur sein?"

„Vielleicht dass er eine Freundin hat?"

„Wer? Nick oder Chris?" Konnte Nina sich nicht deutlich ausdrücken?

„Vielleicht alle beide, was weiß ich. Oder Nick ist eigentlich ein Android und sie wollen es dir schonend beibringen."

„Mensch, kannst du witzig sein. Ha. Ha."

by any chance zufällig
buddy Kumpel

Marianne saß im Coffeeshop am Fenster und las in der *USA TODAY*. Sie sah auf, als wir hereinkamen.

„Finally! Five more minutes and I would have made a missing persons report." Sie faltete die Zeitung zusammen und lächelte. Nina kam sofort zur Sache.

„Don't worry, you don't have to do that. We're here and we're very hungry. But first of all we have a very important question."

„Does the question **by any chance** have something to do with the boys standing behind you?", fragte Marianne verschmitzt.

„Erm – yes! But not really. You know Britt wants to meet Nick Stevenson. And Chris …", dabei deutete sie auf Chris, der Marianne treuherzig ansah, „Chris has arranged a date for Britt and Nick for tomorrow."

„How did you do that?" Ninas Mutter war ehrlich erstaunt.

„One of my **buddies** has a cousin who's a friend of …"

„Okay, okay, I got it! Why don't you sit down and join us for breakfast?"
Wir setzten uns alle. Chris schaffte es tatsächlich, den Platz neben mir zu ergattern. Mir war das aber zunächst egal – der Magen hing mir buchstäblich in den Kniekehlen und ich war zu keiner Aktion mehr fähig, bis ich nicht tonnenweise köstliche *hash browns* in meinem Bauch versenkt hätte.
Wir aßen und die Jungs tranken Kaffee. Wir blickten alle erwartungsvoll auf Marianne, die für eine Weile so tat, als wüsste sie nicht, dass wir auf ihre Erlaubnis warteten. Sie hatte begonnen, sich angeregt mit Marc zu unterhalten, denn es war ihr natürlich nicht entgangen, dass es sich bei ihm um den Herzallerliebsten ihrer Tochter handelte.

to get on sb's nerves jdm auf die Nerven gehen
to deliver liefern
five o'clock sharp punkt siebzehn Uhr

„Mom?" Nina schluckte noch den letzten Bissen runter und mischte sich in das Gespräch ein. „What about tomorrow? The date with Nick? Are we allowed to go there with Marc and Chris? Otherwise Britt will **get on my nerves** for the rest of my life!" In gespieltem Entsetzen verdrehte sie kichernd die Augen.
Marianne sah uns alle der Reihe nach mit Pokerface an. Ich hielt vor Anspannung den Atem an.
„You have to promise me that you'll all stick together like glue. If you do, I'll agree."
Und zu den Jungs gewandt: „You **deliver** these girls safely back to the hotel no later than **five o'clock sharp**!"
Ich atmete wieder aus. „Danke, wir werden dich nicht enttäuschen!", rief ich ein bisschen zu laut. Die anderen Gäste im Coffeeshop drehten sich zu mir um.

Nicholas Stevenson, SUPERSTAR

In der folgenden Nacht konnte ich kaum schlafen. Nachdem Chris sogar vor Marianne gesagt hatte, dass er ein Treffen zwischen Nick und mir arrangiert hatte, war ich endlich auch bereit zu glauben, dass er mich nicht auf den Arm nahm. Ich war am Vortag extra noch einmal losgezogen und hatte mir ein schwarzes, schulterfreies T-Shirt gekauft, mit einem Glitzermotiv vornedrauf. Ich wollte für Nick einfach umwerfend aussehen. Die Fingernägel hatte ich mir auch schon frisch in French-Manicure-Technik lackiert. Kaum war ich aufgewacht, sprang ich aus dem Bett und duschte ausgiebig. Ausnahmsweise war ich froh, dass ich lange blonde Haare hatte. Ich föhnte sie so lange, bis sie eine neckische Innenwelle aufwiesen und golden glänzten.

„Hey, the way you look today you could win the Miss California **contest**!"

contest
Wettbewerb

„Shit!" Ich war mit dem Lidstrich abgerutscht, wie immer, wenn es möglichst perfekt aussehen sollte.

„Let me help you."

Nina wischte das Missgeschick ab und zog eine perfekte schwarze Linie, die meine Augen gut zur Geltung kommen ließ.

„Look at me!"

Ich schlug die Augen auf.

„Perfect! If you don't manage to **wrap** Nick around your little finger today, he must be **gay**."

Daran hatte ich überhaupt noch nicht gedacht. Nina hatte recht. Man konnte doch gar nicht mit Selbstverständlichkeit davon ausgehen, dass alle Männer auf Mädchen standen. Da hatte ich nun wieder etwas, womit ich mich verrückt machen konnte. Es machte mir nichts aus, wenn Jungs auf Jungs standen, aber mein Nick sollte schließlich auf mich abfahren!

to wrap wickeln
gay schwul
breathtaking atemberaubend
skid row Pennerviertel
homeless people Obdachlose

„You look amazing, absolutely **breathtaking**." Chris schien ziemlich beeindruckt zu sein, als wir beim vereinbarten Treffpunkt am Union Square auftauchten. Dann sollte das doch auch bei Nick funktionieren.

Wir kletterten wieder in den Hummer und ließen uns quer durch die Stadt kutschieren. Der Weg führte uns nach SoMa, wie das Gebiet südlich der Market Street genannt wurde, die San Francisco diagonal durchschnitt. SoMa, für South of Market. So erklärte Marc uns das. Wir hielten schließlich in der Sixth Street.

„Now we're on San Fran's **skid row**", erklärte Marc. „It's supposed to be better now than it was in the 1980s, but there are still a lot of **homeless people** here."

Tatsächlich sahen die Leute, an denen wir vorüberfuhren, nicht so aus, als würden sie allabendlich gemütlich in einem Wohnzimmer sitzen. Der Hummer machte sich wie ein Alien zwischen all den kaputten Autos aus, die am Straßenrand standen.

Aber eine Querstraße weiter war wieder das mir inzwischen bekannte Gewusel des Filmteams auszumachen. Marc parkte das Auto nachlässig am Straßenrand und wir kletterten hinaus, was bei dem Hummer wörtlich zu nehmen war.
Fast erwartete ich, dass wir an der Absperrung warten mussten, wo wir uns an ein paar Schaulustigen vorbeidrängelten. Zum Glück verstand ich ihre Kommentare nicht, aber sie schienen anzüglich zu sein, denn einer der Männer pfiff auf die Art, wie Männer eben Mädchen hinterherzupfeifen pflegen. Chris schob, ohne zu zögern, ein Element der Absperrung beiseite und bedeutete uns, einfach hinterherzukommen.
Ein Ordner kam auf uns zu. Als er nah genug herangekommen war, erkannte ich den Ordner vom letzten Mal wieder, der mich nicht hineinlassen wollte. Er öffnete den Mund.
„Uh oh, here comes trouble!“, wisperte ich.
„Hi, Chris!“, rief der Ordner. „How are you today?“ Dann sah er Nina und mich an. „I'm sure you're doing fine, with company like this!“ Er schien mich nicht wiederzuerkennen. Aber woher kannte er Chris?

production company
Produktionsfirma

Auf dem Weg zum Set wurde Chris von noch mehr Leuten angesprochen und alle ließen uns ungehindert passieren.
„Why does everybody here know you?“, fragte ich ihn schließlich.
„Oh, in the summer holidays I often work as a driver for the **production company**.“
Dann schienen wir zum „inner circle“ vorzudringen, wo

die Menschendichte noch höher war und alle ziemlich wichtig wirkten.
„Please wait here for a moment." Chris ließ Marc, Nina und mich stehen. Ich stellte mich auf Zehenspitzen, um zu beobachten, was passierte, und da sah ich IHN! Näher als beim letzten Mal. Eine Garderobenfrau zupfte an seinem Ärmel herum.
„**Leave me alone!**", fauchte er sie an und schüttelte seinen Arm so heftig, dass sie erschrocken rückwärtstaumelte.
„But we have to change it for the next **take**! Otherwise **the continuity will be wrong**", versuchte die Garderobenfrau ihm klarzumachen.
„I don't give a damn about continuity! We've got computers for that **crap**!"
„Großer Gott, Britt! Wie führt der sich denn auf! Bist du dir sicher, dass du einen solchen Brüllaffen überhaupt treffen willst?" Nina war entsetzt.
Um ehrlich zu sein, ich war mir gar nicht mehr sicher. Er konnte doch unmöglich schon wieder einen schlechten Tag haben! Aber ich sagte nichts. Nun war ich so weit gekommen, da konnte ich nicht kurz vorher kneifen. Außerdem – süß sah er ja immer noch aus. Und zu mir würde er sicher nett sein.
Ich fragte mich nur, wann der Moment kommen würde, in dem er sich erinnerte, dass er nett sein konnte, denn noch war er am Schimpfen.
Und Nina versuchte mich noch immer umzustimmen.
„Also weißt du, Britt, ich will dir ja nicht wehtun. Aber du hast doch auch Augen im Kopf. Und Ohren vor

Leave me alone! Lass mich in Ruhe!
take Take; Aufnahme
the continuity will be wrong die Anschlüsse werden nicht stimmen
crap Kacke

allem. Ich weiß, du wirst mich dafür nicht lieben, aber ich halte diesen Nicholas Stevenson für ein aufgeblasenes, arrogantes Arschloch!“

Was sollte ich dazu sagen? Wenn ich nicht zufällig unsterblich in Nick verliebt gewesen wäre, hätte ich vermutlich genau dasselbe gesagt. Also hielt ich den Mund und sah zu, wie Chris sich gewissermaßen in die Höhle des Löwen begab.

AUS DER TRAUM

Nick sah Chris an, als wäre er eine lästige Fliege. Immerhin hob er einen Mundwinkel an, was ich mit viel gutem Willen als Begrüßungslächeln deutete. Chris berührte Nick am Ellenbogen und führte ihn ein Stück von uns weg, sodass wir nicht genau hören konnten, was die beiden besprachen. Nick machte ein Gesicht, als würde man ihm zumuten, rohe Zwiebeln zu essen, aber Chris redete weiter auf ihn ein. Was Nick antwortete, konnte ich nicht verstehen, aber er hob die Arme und ließ sie wieder fallen. Es sah aus, als hätte er etwas gesagt wie: „Dann hol sie in Gottes Namen eben her!"

Jedenfalls kam Chris auf mich zu und nahm mich bei der Hand. Seine Hand fühlte sich warm an, aber das konnte auch daran liegen, dass meine Hände jeder Tiefkühltruhe hätten Konkurrenz machen können.

„Listen, Britt. Nick is a little bit – let's say, erm – special. He's agreed that you, but only you, can meet him, as I told him that you came all the way from Germany to San Fran just to see him. Please don't be too disappointed."

Mir war nicht ganz klar, was Chris mir damit sagen wollte. Ich hoffte nur, ich würde nicht im nächsten Moment in Ohnmacht fallen, denn mein Herz raste und ich war vollkommen hibbelig, als ich schließlich vor IHM stand: Nicholas Stevenson, der grünäugige Mann meiner Träume, der Held meiner schlaflosen Nächte!

Ich streckte artig meine eisige Hand zum Gruß aus, doch er nahm sie nicht an. Ich wusste nicht recht, was ich tun sollte, und so ließ ich meinen Arm langsam und verwirrt wieder sinken.
„Nice to meet you", piepste ich, weil meine Stimme versagte und mir nichts Intelligenteres einfallen wollte.
„Oh, nice to meet you too!", quietschte er ebenso und machte affektierte Bewegungen mit den Händen, als sei er ein nervöses kleines Mädchen, das vor seinem angebeteten Superstar steht. Kurz: Er nahm mich total auf den Arm.
Ich wollte ihn trotz allem um ein Autogramm bitten, aber ich bekam kein Wort mehr heraus, aus Angst, er könnte mich wieder nachäffen.
Das Reden erledigte stattdessen Chris für mich.
„Nick, would you do me a favor and give the young lady an autograph?"
„Only because it's you", sagte Nick zu Chris und winkte einer kleinen Rothaarigen aus der Crew zu, damit sie eine Autogrammkarte organisierte.
Als sie mit einer Fotokarte von Nick wiederkam, schluderte er seine Unterschrift darauf und reichte mir die Karte lässig zwischen Zeige- und Mittelfinger herüber.
„Usually I don't give any autographs. It's a favor for my buddy Chris. Don't forget that."
Ich verstand langsam gar nichts mehr. Was in aller Welt hatte Chris mit Nick zu schaffen? Das konnte doch nicht an dem Kumpel der Cousine, der Nichte oder wem weiß ich liegen.
„You really don't know how lucky you are to meet me. There are no actors like me in Europe. Okay, now kiss

my feet and then take your little ass back to Germany.“
Ich starrte fassungslos in seine Augen, die, von Nahem betrachtet, überhaupt nicht richtig grün waren. Vermutlich waren die Fotos koloriert gewesen oder er hatte grüne Kontaktlinsen getragen.
Nur langsam drangen seine Worte in mein Bewusstsein.
Ich drehte mich um und ging einfach davon.
Weg von Nick. Weg vom Filmteam.
Durch die Absperrung.
An Marc und Nina vorbei.
Auf die Straße.
Ein gewaltiger Ruck tat meiner Schulter weh und zog mich heftig nach hinten. Der Sog des vorbeirasenden Autos entriss meiner Hand die Autogrammkarte, die mit der Fotoseite nach unten in eine Pfütze flatterte.
Langsam nahm Chris die Hand von meiner Schulter.

DAS GEHEIMNIS wird gelüftet

Der Bürgersteig war hart, aber das war mir egal. Ich hatte mich einfach fallen lassen, wo ich war, und nun heulte ich mir die Seele aus dem Leib.

sidewalk ***(BE:* pavement)**
Bürgersteig

„Was war ich nur für eine Idiotin", würgte ich zwischen zwei Schluchzern hervor. Nina hockte sich neben mich.
„Was ist denn passiert? Wir haben ja von so weit weg gar nichts mitbekommen."
Es dauerte einen Moment, bis ich mich so weit beruhigt hatte, dass ich wieder darüber nachdenken konnte, was überhaupt geschehen war.
„Ich habe meine Liebe an einen absoluten Mistkerl verschwendet – das ist passiert. Ich habe noch nie einen Menschen erlebt, der so arrogant, selbstgefällig und widerlich ist!"
„Das ist doch aber kein Grund, gleich vor ein Auto zu laufen, Dummerchen. Nicht auszudenken, was geschehen wäre, wenn Chris dich nicht zurückgerissen hätte."
Das ließ mich gleich weiterheulen. Nina hatte schließlich recht: Ich könnte tot sein. Gestorben in San Francisco für einen Unwürdigen.
„Come on, Britt – you don't want to stay sitting there on the **sidewalk**."
Ohne dass ich mich wehren konnte, zogen Marc und Chris mich von dem harten Boden hoch. Ich sah, wie die beiden einen Blick wechselten und Marc nickte.

Chris nahm mich am Arm und führte mich wie eine willenlose Puppe zum Hummer und setzte mich auf den Beifahrersitz. Er ging um das Auto herum, klemmte sich hinters Steuer und fuhr los.
„You have to promise me that you'll all stick together like glue", schoss es mir durch den Kopf. Marianne würde wütend sein. Ich starrte durch die Windschutzscheibe, ohne wirklich etwas zu sehen. Chris musste mich fast aus dem Auto herausziehen, als wir dort angekommen waren, wo er mit mir hinwollte. Er hatte das Auto an einem fast menschenleeren Strand abgestellt. Wir gingen zum Wasser hinunter.
Eine ganze Weile starrten wir einfach nur wortlos auf das Meer, das sich im immer gleichen Rhythmus auf uns zubewegte, nur um sofort wieder den Rückzug anzutreten. Die Wellen brachen sich an Felsen, die aus dem Wasser ragten, Gischt spritzte und unter anderen Umständen wäre es hier sicher sehr nett gewesen. Vor meinem geistigen Auge ging ich mit Nick hier spazieren, schüttelte aber schnell den Kopf über so viel Dummheit. Wieso hatte ich nicht gleich reagiert, als ich Nick in Chinatown gesehen hatte? Ich hatte nicht wahrhaben wollen, dass es keine Laune, sondern ein Charakterzug von ihm war, sich so mies zu benehmen. Hatte Ausreden für ihn gefunden, ihn vor meiner eigenen schlechten Meinung in Schutz genommen. Und gar nicht gemerkt, dass ich mich längst in Chris verliebt hatte.
Moment, was hatte ich da gedacht? Aber das stimmte ja!
„I'm so sorry, Chris", sagte ich schließlich und sah ihn an.

Chris wandte den Kopf zu mir und es kribbelte überall in meinem Körper, als ich in seine Augen sah.
„I'm so stupid. I was acting like an idiot."
„**Indeed** you were", sagte Chris und grinste.
„Hey!", rief ich und knuffte ihn am Arm. Wenn ich sagte, ich sei blöd, dann ist das okay, aber wie konnte er mir einfach zustimmen?
Er knuffte zurück und rannte davon. Natürlich lief ich ihm hinterher, aber er blieb abrupt stehen und drehte sich um, sodass ich gegen ihn prallte, genau in seine Arme. Dann schmiss er uns beide um und wir rollten durch den Sand und lachten, bis wir völlig außer Puste waren und mit der Balgerei innehielten. Sein Gesicht war über mir und ich sah nur noch ein winziges Stück vom Himmel, der so blau war wie seine Augen. Und dann spürte ich seine weichen Lippen. Auf meiner Nase, meinen Augen, meinem Mund. Und es war, als hätte ich diese Küsse vermisst, obwohl ich sie zum ersten Mal spürte.

Ich kann nicht sagen, wie viel Zeit verging, bis wir widerstrebend voneinander abließen. Ich war innen drin leicht wie eine Feder, aber eine Frage drückte mich nieder, die ich unbedingt stellen musste.

indeed in der Tat

„What about Nick and you? He called you his buddy, and all the people on the set knew you. I don't believe that you just worked as a driver for the actors."
„I confess that you're absolutely right, darling."
Er hatte „darling" zu mir gesagt!
„I'm an actor too. Not as famous as Nick. Not yet",

setzte er hinzu und grinste sein unwiderstehliches Sommersprossenlächeln. „I've got a part in that movie, the one Nick's shooting at the moment. I've had **minor** roles in **several** movies before, but **mostly** I've done TV **series**."
„Why didn't you tell me?"
„Would you have been **unprejudiced** then? I didn't want you to fall in love with me because of my job. I wanted you to fall in love with me because I'm Chris Mallory, the freckled guy you hit with a golf club."
Da musste ich lachen, auch wenn mir die ganze Sache noch immer peinlich war.
„Was that what Marc wanted you to tell me?"
„Yes, he said I could get you much easier then. But **that's not my cup of tea**."
Er küsste mich noch einmal, bevor wir wieder in den Hummer stiegen. Wir fuhren zurück nach SoMa, das heißt, wir hatten es vor, aber auf halber Strecke blieb das Auto stehen.
„Oh, damn, we've run out of **gas**! Marc promised he'd **fill it up**; he's used this car a lot this month."
„It doesn't belong to Marc?"
„No, it's mine. But I didn't want to impress you with **materialistic** stuff. I told you – I just wanted you to see Chris, without all the crap around me."
Wir redeten noch viel auf dem Weg zur Tankstelle. Aber bis wir das Benzin zum Auto gebracht hatten, war es schon ziemlich spät geworden.

minor klein; unbedeutend
several mehrere
mostly hauptsächlich
series Serie
unprejudiced vorurteilsfrei
That's not my cup of tea. Das ist nicht meine Art.
gas Gas; *(AE)* Benzin
to fill up auffüllen; *hier:* tanken
materialistic materialistisch

SCHLAFLOS in San Francisco

Am Set an der Sixth Street suchten wir vergeblich nach Marc und Nina.
„Just when you need your damn cellphone, you can bet that the battery's dead! How about yours?"
Aber auch an meinem Handy war der Akku inzwischen wieder leer und so blieb uns nichts übrig, als zurück zum Hotel zu fahren, obwohl klar war, dass es wieder Ärger geben würde.
Marianne war wirklich ziemlich sauer, dass wir zum zweiten Mal ihre Anweisung missachtet hatten. Andererseits hatte Nina auch schon erklärt, was passiert war und dass Chris auf mich aufpasste. So blieb nur ein verärgertes Brummeln übrig, als wir ankamen. Ronan hingegen war gut drauf.
„Look at these little lovers! Aren't they sweet! Maybe we'll find ourselves celebrating a double wedding some day!" Er schien sich prächtig über diese Vorstellung zu amüsieren, aber man konnte wahrlich auf so etwas kommen, wenn man uns so Hand in Hand dastehen sah. Nina mit Marc und Chris mit mir.
Wir verbrachten noch einen wunderschönen Abend zu viert, aber irgendwann klopften Ninas Eltern an unsere Tür und machten uns unmissverständlich klar, dass Marc und Chris unmöglich bei uns übernachten könnten.
„See you tomorrow, angel", sagte Chris und küsste mich zum Abschied noch einmal zärtlich.

„Oh, Nina, I've been so stupid!", sagte ich, als die Jungs zur Tür hinaus waren, und ließ mich rückwärts aufs Bett fallen.
„I'm not going to say that I agree, otherwise you'll be upset again."
„But it's true. You said it before: it was all a stupid dream! And I almost didn't recognize the really special person right in front of my nose."
„So what do we do now?" Nina ließ sich ebenfalls aufs Bett plumpsen.
„What do you mean?"
„Well, we can't ask Chris and Marc to come home with us, can we?"
Da wurde ich ganz still, denn Nina sprach laut aus, was ich vorher nicht einmal zu denken gewagt hatte.
„That's definitely something I have to **consult** my diary about. But we should write that postcard to Patty now. She'll be very upset if we go back to Berlin without writing to her."
Ich suchte eine Karte heraus, auf der die Golden Gate Bridge abgebildet war.

to consult konsultieren
ya *umgangssprachlich:* you
CU *umgangssprachlich:* See you

„Hi Patty, having a great time here in San Fran! Californian boys are gorgeous! We've got a lot of things to tell **ya**! **CU** soon! Kisses – Nina & Britt"

Wir hatten mit Sprache und Andeutungen extra dick aufgetragen, damit es cool wirkte. Patty sollte ruhig ein bisschen neidisch sein, wenn sie die Karte las. Zu Hause würden wir ihr dann alles haarklein erzählen, aber so hatte sie schon mal was zum Grübeln.

Dann holte ich mein Tagebuch heraus.

Just a few days left till we leave San Fran. And I only realized today that I've completely wasted my time looking for this stupid, vain, **snotty** idiot called Nicholas Stevenson. Happiness was right in front of me all the time! Chris is the one – I **sensed** it, but I did my very best not to realize. I thought I was destined for Nick.
Did I already tell you that I'm a complete idiot?
I'm **on cloud nine** right now, but I'm afraid of the day we leave San Fran. Will Chris still love me when we're several thousand miles apart?
But maybe I shouldn't waste even more time on being scared of what the future may **have in store**. I'd rather enjoy the next few days. Oh my God – I really do love him!

snotty versnobt
to sense ahnen; spüren
on cloud nine im siebten Himmel
to have in store bereithalten

In jener Nacht konnte ich kaum schlafen, weil ich zu sehr damit beschäftigt war, zu schweben.

Wieder zu Hause

Es waren noch schöne Tage in San Francisco, die wir meist zu viert verbrachten, mit Lachen, Träumen, Küssen. Küssen vor allem ...
Wir haben uns sogar noch einmal auf die Driving Range begeben. Der Kampf mit dem winzigen Golfball lief dieses Mal bei mir tatsächlich ein bisschen besser. Immerhin blieb Chris davor verschont, noch einmal mit einem blauen Schienbein vom Platz zu humpeln.
Am letzten Tag war auch Amber noch einmal mit dabei, die sich wirklich freute, dass aus Chris und mir etwas geworden war.
„Next time I go to Germany, I'll definitely visit you in Berlin", sagte sie zum Abschied.

An den Abschied mag ich eigentlich gar nicht noch einmal denken. Ich hatte Chris ein Bild geschenkt, das ich gezeichnet hatte. Er und ich, im Hintergrund die Skylines von San Francisco und Berlin; wie immer in meinem typischen Manga-Stil. Er hatte Tränen in den Augen und ich auch, aber nicht nur dort. Sie liefen mir bis in den Ausschnitt, aber das war okay. Nina sah auch nicht glücklicher aus.
Auf dem Rückflug waren wir ziemlich still. Ich glaube, meine Eltern haben sich auch ein wenig gewundert, als sie uns am Flughafen abholten und ihnen keine kichernden Mädchen entgegenliefen. Ich habe aber gehört, wie Ronan meiner Mutter zuraunte: „She's got

heartache. Her true love is over the **ocean**. I'm sure she'll tell you all about it."

Als wir zu Hause ankamen, hatte ich jedoch erst mal etwas Wichtigeres zu erledigen.

Ich stellte meinen Koffer im Flur ab und ging in mein Zimmer. Ich schaute mich um. Obwohl alles immer noch so aussah wie vor meinem Abflug nach Amerika, wirkte der Raum fremd auf mich. Ich stieg auf mein Bett und kniete mich vor das Nick-Poster mit den Flecken im Mundbereich. Noch einmal sah ich in seine Augen. Mit einem Ruck riss ich das Poster von der Wand. Ich zerfetzte es in tausend kleine Schnipsel. Anschließend nahm ich mir die anderen Poster vor und danach konnte man meine Tapete wieder sehen. Allerdings hatte die ziemlich gelitten unter all dem Tesafilm. Ich würde sie wohl überstreichen müssen. Diesmal wollte ich jedoch eine andere Farbe nehmen, nicht wieder Weiß, und dann würde sich hier sowieso einiges ändern.

heartache Herzschmerz
ocean Ozean

Ich brachte die zerrissenen Poster sofort ins Altpapier. Da staunten meine Eltern nicht schlecht, denn bisher hatte ich immer gewartet, bis mein Papierkorb überlief und Mama ihn entnervt selbst ausleerte.

Wir saßen an diesem Abend noch lange zusammen und redeten. Ich erzählte natürlich viel über Amerika, weil es über Bad Salzuflen ja nicht wirklich viel zu sagen gab. Mein Tagebuch wollten sie zum Glück doch nicht sehen. Ich hatte Sophie auf dem Schoß, die froh zu sein schien, dass ich wieder zu Hause war. Sie nervte diesmal überhaupt nicht, sondern drückte mir viele ihrer feuchten, klebrigen Küsse auf die Wange. Schließlich wurde sie müde und Mama brachte sie ins Bett.

Ich ging an den PC und rief das Mailprogramm auf. Eine Mail mit dem Betreff „I love you" leuchtete mich förmlich an. Vor einiger Zeit hätte ich noch einen Virus dahinter vermutet, aber natürlich war die Nachricht von Chris.

to long for sb sich nach jdm sehnen
awesome *(AE)* klasse
hope Hoffnung
to last dauern

My love,
It's been just a couple of hours since your plane left, but I feel awful already. I **long for** you every single minute. How am I going to survive?!
But guess what – I've got some good news! My agent just told me that I might have got a part in a movie next summer – and guess where it's being shot ... Berlin! Isn't that just **awesome**? From what I've heard, the shooting will last several weeks! So we'll have lots of time to spend together!
I can't wait to see you again. Write to me as soon as you get back!
Lots of love
Chris

So there's **hope** our love will **last** after all, dachte ich noch, bevor ich einschlief und von Chris träumte.

Love is in the air ...

Für 12 bis 14-jährige, die ganz easy ihr Englisch verbessern möchten.

▶ **Deutsche Erzählpassagen, englische Dialoge** – so versteht man die Handlung und lernt Englisch ganz nebenbei.

ove Takes a Detour –
iebe auf Umwegen
irls in Love
on Christine Spindler

King of Hearts –
König der Herzen
Girls in Love
Von Carole Eilertson, Dagmar Puchalla

Love at Second Sight –
Liebe auf den zweiten Blick
Girls in Love
Von Herbert Friedmann

nights, Kisses
nd Lovers'
aths –
itter, Küsse,
iebesschwüre
rls in Love
n Momo Evers

Dressed to Kill –
Aufgedonnert
Girls in Love
Von Ulrieke Ruwisch

Love Takes a Holiday –
Liebe auf Urlaub
Girls in Love
Von Tina Zang

A Mermaid to Kiss – Eine Meerjungfrau zum Küssen
Girls in Love
Von Yvonne Hergane

San Francisco Love Affair –
Verliebt in San Francisco
Girls in Love
Von Petra A. Bauer

Langenscheidt
...weil Sprachen verbinden

Infos & mehr
www.langenscheidt.de